AF596310

LES CONTES D'UN RÊVEUR

LORD DUNSANY

1910

Traduction originale de

Mireille MIFFRE

SOMMAIRE

Poltarnees, Gardien de l’océan

Toldees, Mondath, Arizim sont les Terres Intérieures, les terres dont les sentinelles sur leurs frontières ne voient pas la mer. Au-delà de ces terres, à l'est, s'étend un désert qui n'a jamais été exploré par l'homme : il est tout jaune, tacheté d'ombres de pierres, et la Mort y est comme un léopard couché au soleil. Au sud, les hommes sont limités par la magie, à l'ouest par une montagne, et au nord par la voix et la colère du vent polaire. La montagne à l'ouest est comme un grand mur. Elle surgit du lointain et redescend dans le lointain, et on l'appelle Poltarnees, le détenteur de l'océan. Au nord, des rochers rouges, lisses et dénudés de sol, sans aucune tache de mousse ou d'herbe, s'élèvent jusqu'aux lèvres même du vent polaire, et il n'y a rien d'autre là que le bruit de sa colère. Les Terres Intérieures sont très paisibles, et très belles sont leurs villes, et il n'y a pas de guerre parmi elles, mais le calme et l'aisance. Elles n'ont d'autre ennemi que l'âge, car la soif et la fièvre prennent le soleil au milieu du désert, et ne rôdent jamais dans les Terres Intérieures. Les goules et les fantômes, dont la route est la nuit, sont retenus au sud par la frontière de la magie. Toutes leurs agréables villes sont très petites, et tous les hommes s'y connaissent et se bénissent par leur nom lorsqu'ils se rencontrent dans les rues. Dans chaque ville, il y a un large chemin vert qui sort de quelque vallée, de quelque bois ou de quelque plaine, et qui va et vient autour de la ville entre les maisons et à travers les rues. Les gens ne marchent jamais le long de ce chemin, mais chaque année, au moment convenu, le printemps le parcourt depuis les terres fleuries, faisant éclore l'anémone et toutes les joies précoces des bois cachés, des vallées profondes et retirées, ou des plaines triomphantes, dont les têtes se lèvent si fièrement, loin des villes.

Parfois, des charretiers ou des bergers marchent sur ce chemin, eux qui sont venus en ville par-delà les crêtes nuageuses, et les citadins ne les en empêchent pas, car il y a un pas qui dérange l'herbe et un pas qui ne la dérange pas, et chaque homme dans son propre cœur sait quel pas il a. Dans les espaces ensoleillés de la plaine et dans les lieux sombres du monde, loin de la musique des villes et de la danse des villes lointaines, ils font là la musique des campagnes et dansent la danse des campagnes. Aimable, proche et amical, le soleil apparaît à ces hommes, et comme il est aimable avec eux et soigne leurs jeunes vignes, ils sont aimables avec les petites choses des bois et toute rumeur de fées ou de vieille légende. Quand la lumière d'une petite ville lointaine éclaire légèrement le bord du ciel, et que les joyeuses fenêtres dorées des fermes regardent fixement dans l'obscurité, alors la vieille et sainte figure de la Romance, voilée jusqu'au visage, descend des forêts vallonnées et ordonne aux ombres sombres de se lever et de danser. Puis elle envoie les créatures de la forêt rôder, et allume en un instant dans son écrin d'herbe la petite lampe du ver luisant, et fait tomber un silence sur les terres grises. De celui-ci s'élève faiblement sur les collines lointaines la voix d'un luth. Il n'y a pas au monde de terres plus prospères et plus heureuses que Toldees, Mondath, Arizim.

De ces trois petits royaumes que l'on nomme les Terres Intérieures, les jeunes gens s'envolaient sans cesse. Un par un, ils s'en allaient, et personne ne savait pourquoi ils s'en allaient, si ce n'est qu'ils avaient le désir de voir la mer. Ils parlaient peu de ce désir, mais quand un jeune homme restait silencieux pendant quelques jours, un matin très tôt, il s'éclipsait pour grimper lentement la pente difficile de Poltarnees, et après avoir atteint le sommet, il passait et ne revenait jamais. Quelques-uns restaient dans les Terres Intérieures et devenaient des vieillards, mais aucun de ceux qui avaient escaladé Poltarnees depuis les tous premiers temps n'était jamais revenu, bien que beaucoup jurer le faire. Une fois, un roi envoya tous ses courtisans, un par un, pour lui rapporter le mystère, puis y alla lui-même ; aucun n'en revint jamais.

Les habitants des Terres Intérieures avaient l'habitude de vénérer les rumeurs et les légendes de la Mer, et tout ce que leurs prophètes découvraient de celle-ci était écrit dans un livre sacré qui, avec une profonde dévotion, les jours de fête ou de deuil, était lu dans les temples par les prêtres. Et tous leurs temples étaient ouverts à l'ouest, reposant sur des piliers, afin que la brise de la mer puisse y pénétrer, et ils étaient ouverts à l'est sur des piliers, afin que les brises de la mer ne soient pas empêchées de passer partout où la mer se dirigeait.

Mais voici la légende qu'ils avaient de la Mer, que personne dans les Terres Intérieures n'avait jamais contemplée. Ils disaient que la Mer est un fleuve qui se dirige vers les colonnes d'Hercule, qu'il touche au bord du monde, et que Poltarnees le regarde. Ils disaient que tous les mondes du ciel se balancent sur ce fleuve et sont emportés par le courant, et que l'Infini est épais et couvert de forêts à travers lesquelles le fleuve, dans son cours, emporte tous les mondes du ciel. Parmi les troncs colossaux de ces arbres sombres, dont les plus petites frondes sont des nuits d'homme, là marchent les dieux. Et chaque fois que sa soif, qui brille dans l'espace comme un grand soleil, s'abat sur la bête, le tigre des dieux se glisse jusqu'au fleuve pour boire. Et le tigre des dieux boit bruyamment, faisant trembler les mondes, et le niveau du fleuve s'abaisse entre ses rives avant que la soif de la bête soit étanchée et cesse de briller comme un soleil. Beaucoup de mondes sont ainsi échoués, et les dieux ne marchent plus parmi eux, car ils sont durs à leurs pieds. Ce sont les mondes qui n'ont pas de destin, dont le peuple ne connaît pas de dieu. Et le fleuve s'écoule à jamais. Le nom du fleuve est Oriathon, mais les hommes l'appellent

Océan. C'est la foi inférieure des Terres Intérieures. Il y a aussi une foi supérieure qui n'est pas connue de tous. L'Oriathon traverse les forêts de l'infini et, d'un seul coup, tombe en rugissant sur un bord, d'où le Temps a depuis longtemps rappelé ses heures pour combattre dans sa guerre avec les dieux. Et il tombe, non éclairé par l'éclair des nuits et des jours, avec son flot non mesuré par des kilomètres, dans les profondeurs du néant.

Alors que les siècles passaient et que la seule voie par laquelle un homme pouvait escalader Poltarnees devenait usée par les pieds, de plus en plus d'hommes l'escaladaient, pour ne plus revenir. Pourtant, dans les Terres Intérieures, on ne savait pas à quoi ressemblait Poltarnees. Car par un jour calme et sans vent, alors que les hommes se promenaient joyeusement dans leurs belles rues ou s'occupaient de leurs troupeaux à la campagne, le vent d'ouest se leva soudainement et arriva de la mer. Il vint, vêtu d'un manteau gris et lugubre, portant à quelqu'un le cri affamé de la mer qui réclame des ossements d'hommes. Et celui qui l'entendait, bougeait sans cesse pendant quelques heures, puis se levait soudainement, irrésistiblement, le visage tourné vers Poltarnees, et disait, comme c'est la coutume dans ces pays lorsque les hommes se séparent brièvement, « jusqu'à ce que le cœur d'un homme se souvienne », ce qui signifie « Adieu pour un moment ». Mais ceux qui l'aimaient, voyant ses yeux sur Poltarnees, répondaient tristement, « jusqu'à ce que les dieux oublient », ce qui signifie « Adieu ».

Or le roi d'Arizim avait une fille qui jouait avec les fleurs des bois sauvages, avec les fontaines de la cour de son père, et avec les petits oiseaux célestes bleus qui venaient l'hiver s'abriter de la neige sur le seuil de sa porte. Elle était plus belle que les fleurs des bois sauvages, que toutes les fontaines de la cour de son père, ou que les oiseaux bleus du ciel dans leur plumage d'hiver quand ils s'abritent de la neige. Les vieux rois sages de Mondath et de Toldees la virent une fois, alors qu'elle descendait d'un pas léger les petits sentiers de son jardin, et, tournant leur regard vers les brumes de la pensée, ils réfléchirent au destin de leurs Terres Intérieures. Ils l'observèrent attentivement près des fleurs majestueuses, se tenant seule dans la lumière du soleil, passant et repassant devant les oiseaux violets qui se pavanaient et que les oiseleurs du roi avaient apportés d'Asagehon. Quand elle eut atteint l'âge de quinze ans, le roi de Mondath convoqua un conseil des rois. Les rois de Toldees et d'Arizim se réunirent avec lui. Et le roi de Mondath, dans son conseil, dit :

— L'appel de la mer inassouvie et affamée (et au mot « mer » les trois rois inclinèrent la tête) attire chaque année hors de nos heureux royaumes de plus en plus d’hommes. Pourtant nous ne connaissons pas le mystère de la mer, et aucun serment inventé n'a ramené un seul homme. Or, ta fille, Arizim, est plus belle que la lumière du soleil, plus belle que tes fleurs majestueuses qui se dressent si haut dans son jardin, et elle a plus de grâce et de beauté que ces étranges oiseaux que les oiseleurs aventureux apportent d'Asagehon dans des chariots grinçants, et dont les plumes sont alternativement violettes et blanches. Maintenant, celui qui aimera ta fille, Hilnaric, quel qu'il soit, est l'homme qui doit escalader Poltarnees et revenir, comme personne ne l'a jamais fait auparavant, et nous dire à quoi ressemble Poltarnees ; car il se peut que ta fille soit plus belle que la mer.

Alors le roi des Arizim se leva de son siège de conseil et dit :

— Je crains que tu n'aies proféré un blasphème contre la Mer, et je redoute qu'il n'en résulte du mal. En effet, je n'avais pas pensé qu'elle était si belle. Il y a si peu de temps qu'elle n'était qu'une petite enfant, aux cheveux encore mal coiffés et pas encore vêtue à la manière des princesses, et elle s'en allait dans les bois sauvages sans surveillance et revenait avec ses robes inconvenantes et toutes déchirées, . Elle n'acceptait pas les réprimandes avec un esprit humble, mais faisait des grimaces même dans ma cour de marbre ornée de fontaines.

Alors le roi de Tolède dit :

— Observons de plus près et voyons la princesse Hilnaric à la saison de la floraison des vergers, quand passent les grands oiseaux qui connaissent la Mer, pour se reposer dans nos Terres Intérieures. Si elle est plus belle que le lever du soleil sur nos royaumes, quand tous les vergers fleurissent, il se peut qu'elle soit plus belle que la Mer.

Le Roi d'Arizim dit :

— Je crains que ce soit un terrible blasphème, mais je ferai ce que vous avez décidé en conseil.

Et la saison de la floraison des vergers apparut. Une nuit, le roi d'Arizim fit venir sa fille sur son balcon extérieur de marbre. La lune se levait, énorme, ronde et sacrée, au-dessus des bois sombres, et toutes les fontaines chantaient la nuit. La lune touchait les pignons de marbre du palais, et ils brillaient dans le pays. Elle toucha les têtes de toutes les fontaines, et les colonnes grises se brisèrent en lumières féeriques. Ellc quitta les chemins sombres de la forêt et illumina tout le palais blanc et ses fontaines et brilla sur le front de la princesse, et le palais d'Arizim brilla au loin, et les fontaines devinrent des colonnes de joyaux étincelants et de chants. Et la lune fit une musique à son lever, mais elle ne parvint pas aux oreilles des mortels. Et Hilnaric se tenait là, émerveillée, vêtue de blanc, la lumière de la lune brillant sur son front ; et les rois de Mondath et de Toldees la regardèrent depuis les ombres de la terrasse. Ils dirent : « Elle est plus belle que le lever de la lune. »

Un autre jour, le roi d'Arizim fit sortir sa fille à l'aube, et ils se tinrent à nouveau sur le balcon. Et le soleil se leva sur un monde de vergers, et les brumes marines retournèrent à la mer par Poltarnees. De petites voix sauvages s'élevèrent dans tous les fourrés, les voix des fontaines commencèrent à mourir, et le chant s'éleva, dans tous les temples de marbre, des oiseaux qui sont sacrés à la mer. Et Hilnaric restait là, toujours rayonnant des rêves du ciel.

— Elle est plus belle, dirent les rois, que le matin.

Ils firent encore un essai de la beauté d'Hilnaric, quand ils la regardèrent sur les terrasses au coucher du soleil, avant même que les pétales des vergers ne soient tombés, et que, tout le long de la lisière des bois voisins, le rhododendron ne fleurisse avec l'azalée. Et le soleil se coucha sous le Poltarnees escarpé, et la brume de la mer se déversa sur son sommet à l'intérieur des terres. Et les temples de marbre se dressèrent clairs dans le soir, et des fils de crépuscule se dessinèrent entre la montagne et la ville. Puis, des corniches des temples et des avant-toits des palais, les chauves-souris tombèrent tête baissée, puis déployèrent leurs ailes et flottèrent de haut en bas dans les chemins qui s'assombrissaient ; des lumières apparurent en clignotant dans les fenêtres dorées, les hommes se cachèrent contre la brume grise de la mer, le son de petites chansons s'éleva, et le visage d'Hilnaric devint un lieu de repos pour les mystères et les rêves.

— Elle est plus belle que toutes ces choses, dirent les rois, mais qui peut dire si elle est plus belle que la mer ?

Prisonnier d'un fourré de rhododendrons à la lisière des pelouses du palais, un chasseur attendait depuis le coucher du soleil. Près de lui se trouvait un bassin profond où poussaient les jacinthes et où flottaient d'étranges fleurs aux larges feuilles ; c'est là que les grands gariachs mâles descendaient pour boire à la lueur des étoiles. Et, attendant l'arrivée des gariachs, il vit la forme blanche de la princesse appuyée sur son balcon. Avant que les étoiles ne brillent ou que les taureaux ne descendent pour boire, il quitta sa cachette et se rapprocha du palais pour voir de plus près la princesse. Les pelouses du palais étaient pleines de rosée vierge, et tout était calme quand il les traversa, tenant sa grande lance. Dans le coin le plus éloigné des terrasses, les trois vieux rois discutaient de la beauté d'Hilnaric et du destin des Terres Intérieures. Se déplaçant avec légèreté, d'un pas de chasseur, le guetteur près de l'étang s'approcha très près, même dans le soir calme, avant que la princesse ne le voie. Quand il la vit de près, il s'exclama soudainement :

— Elle doit être plus belle que la mer.

Quand la princesse se retourna et vit son habit et sa grande lance, elle sut qu'il était un chasseur de gariachs.

Quand les trois rois entendirent le jeune homme s'exclamer, ils se dirent doucement l'un à l'autre :

— Ce doit être cet homme.

Alors ils se révélèrent à lui, et lui parlèrent pour le mettre à l'épreuve. Ils lui dirent :

— Monsieur, vous avez proféré un blasphème contre la mer.

Et le jeune homme murmura :

— Elle est plus belle que la Mer.

Et les rois dirent :

— Nous sommes plus vieux que toi et plus sages, et nous savons que rien n'est plus beau que la Mer.

Et le jeune homme enleva l'attirail de sa tête, et devint abattu, car il savait qu'il parlait avec les rois. Pourtant il répondit :

— Par cette lance, elle est plus belle que la mer.

Et pendant tout ce temps la princesse le regardait fixement, sachant qu'il était un chasseur de gariachs.

Alors le roi d'Arizim dit au guetteur de l'étang :

— Si tu veux bien aller jusqu'à Poltarnees et revenir, comme personne n'est venu, et nous rapporter quel leurre ou quelle magie se trouve dans la Mer, nous pardonnerons ton blasphème, et tu auras la Princesse pour épouse et tu siégeras au Conseil des Rois.

Le jeune homme y consentit avec joie. La princesse lui adressa la parole et lui demanda son nom. Il lui répondit qu'il s'appelait Athelvok, et une grande joie s'éleva en lui au son de sa voix. Et aux trois rois, il promit de partir le troisième jour pour escalader la pente de Poltarnees et de revenir, et voici le serment par lequel ils le lièrent de revenir :

— Je jure par la Mer qui porte les mondes au loin, par le fleuve d'Oriathon, que les hommes appellent Océan, et par les dieux et leur tigre, et par le destin des mondes, que je retournerai dans les Terres Intérieures, après avoir vu la Mer.

Et ce serment, il le fit avec solennité la nuit même dans l'un des temples de la Mer, mais les trois rois avaient plus confiance dans la beauté d'Hilnaric que dans la puissance du serment.

Le lendemain, Athelvok vint au palais d'Arizim avec le matin, par les champs à l'Est et hors du pays des Toldees, et Hilnaric sortit le long de son balcon et le rencontra sur les terrasses. Elle lui demanda s'il avait déjà tué un gariach, et il répondit qu'il en avait tué trois, puis il lui raconta comment il avait tué le premier au bord de l'étang dans le bois. Il avait pris la lance de son père, était descendu au bord de l'étang et s'était allongé sous les azalées en attendant que brillent les étoiles, aux premières lueurs desquelles les gariachs se rendent aux étangs pour boire. Il était parti trop tôt et avait dû attendre longtemps, et les heures qui passaient semblaient plus longues qu'elles ne l'étaient. Et tous les oiseaux venaient en ce lieu la nuit, et la chauve-souris était à l'affût, mais l'heure du canard passée, toujours aucun gariach ne descendait à la mare. Athelvok sentait qu'aucun ne viendrait. Et juste au moment où cette certitude s'affirmait dans son esprit, le fourré se sépara sans bruit et un énorme gariach mâle se tint face à lui au bord de l'eau, ses grandes cornes sortant latéralement de sa tête, aux extrémités incurvées vers le haut, et dont la largeur avait quatre enjambées de pointe à pointe. Et il n'avait pas vu Athelvok, car le grand taureau était de l'autre côté du petit bassin. Athelvok ne pouvait pas se glisser jusqu'à lui de peur de rencontrer le vent (car les gariachs, qui voient peu, se fient à l'ouïe et à l'odorat). Mais il réfléchit rapidement tandis que le taureau se tenait là, la tête droite, à vingt pas de lui, de l'autre côté de l'eau. Le taureau renifla prudemment le vent et écouta, puis baissa sa grande tête vers le bassin et but. À cet instant, Athelvok sauta dans l'eau et s'élança à travers ses profondeurs couvertes de mauvaises herbes parmi les tiges des étranges fleurs qui flottaient sur de larges feuilles à la surface. Athelvok tenait sa lance bien droite devant lui, et nagea sans pointer vers le haut, de sorte qu'il ne remonta pas à la surface, mais fut porté par la force de son élan et passa sans s'emmêler entre les tiges des fleurs. Lorsque Athelvok sauta dans l'eau, le taureau leva la tête, effrayé par l'éclaboussement, puis il écouta et renifla l'air, et n'entendant ni ne sentant aucun danger, il resta immobile pendant quelques instants, car c'est dans cette attitude qu'Athelvok le trouva alors qu'il émergeait à ses pieds, essoufflé. Et, frappant immédiatement, Athelvok lui enfonça la lance dans la gorge avant que la tête et les terribles cornes ne tombent. Mais Athelvok s'était accroché à l'une des grandes cornes, et fut projeté à travers les buissons de rhododendrons pendant que le gariach tombait, puis se relevait aussitôt, et meurt debout, luttant toujours, noyé dans son propre sang.

Mais pour Hilnaric qui écoutait, c'était comme si l'un des héros des temps anciens était revenu dans toute la gloire de sa jeunesse légendaire.

Et longtemps, ils allèrent par les terrasses, disant ces choses qui ont été dites avant et après, et que les lèvres seront encore amenées à dire. Et au-dessus d'eux, Poltarnees contemplait la mer.

Et le jour vint où Athelvok dut partir. Et Hilnaric lui dit :

— Tu ne reviendras pas, très certainement, après avoir regardé le sommet de Poltarnees ?

Athelvok répondit :

— Je reviendrai, car ta voix est plus belle que l'hymne des prêtres lorsqu'ils chantent et louent la Mer. Et même si de nombreuses mers tributaires se jettent dans Oriathon et que lui et tous les autres déversent leur beauté dans un bassin au-dessous de moi, je reviendrai en jurant que tu es plus belle qu'eux.

Et Hilnaric répondit :

— La sagesse de mon coeur me dit, ou une vieille connaissance, ou une prophétie, ou un étrange savoir, que je n'entendrai plus jamais ta voix. Et pour cela, je te donne mon pardon.

Mais lui, répétant le serment qu'il avait fait, se mit en route, regardant souvent en arrière jusqu'à ce que la pente devienne une marche et que son visage soit fixé sur le rocher. C'est le matin qu'il se mit en route, et il grimpa toute la journée sans guère de repos, là où chaque trou de pied était lissé par de nombreux pieds. Avant qu'il n'atteigne le sommet, le soleil disparaissait, et les Terres Intérieures devenaient de plus en plus sombres. Il continua donc à avancer afin de voir avant la nuit tout ce que Poltarnees avait à montrer. Le crépuscule était profond sur les Terres Intérieures, et les lumières des villes scintillaient à travers la brume de mer quand il arriva au sommet de Poltarnees, mais le soleil devant lui n'avait pas encore disparu du ciel.

Et là, sous lui, se trouvait la vieille mer ridée, souriante et murmurant des chansons. Et il soignait de petits navires aux voiles étincelantes, et dans ses mains se trouvaient de vieilles épaves regrettées, et des mâts tout constellés de clous d'or qu'il avait arrachés par colère à de beaux galions. Et la gloire du soleil était parmi les vagues qui apportaient du bois flotté des îles d'épices, balançant leurs têtes d'or. Et les courants gris s'éloignaient vers le sud comme des serpents sans compagnie qui aiment quelque chose d'un amour inquiet et mortel. Et toute la plaine d'eau scintillait de la lumière du soleil tardif, et les vagues et les courants et les voiles blanches des navires étaient tous ensemble comme le visage d'un nouveau dieu étrange qui regardait un homme pour la première fois dans les yeux au moment de sa mort. Et Athelvok, regardant la Mer merveilleuse, sut pourquoi les morts ne revenaient jamais, car il y avait quelque chose que les morts ressentaient et savaient, et que les vivants ne comprendraient jamais même si les morts venaient leur en parler. Et la Mer lui souriait, heureuse de la gloire du soleil. Et il y avait là un havre pour les navires de retour, et une ville ensoleillée se dressait sur sa berge. Et les gens marchaient dans ses rues, habillés des vêtements inimaginables des pays lointains bordant la mer.

Une pente facile de roches meubles allait du sommet de Poltarnees au rivage de la mer.

Pendant un long moment, Athelvok resta là, à regret, sachant que quelque chose était entré dans son âme que personne ne pourrait comprendre dans les Terres Intérieures, où les pensées de leurs esprits n'avaient pas été plus loin que les trois petits royaumes. Puis, après avoir longuement contemplé les navires errants, les merveilleuses marchandises venues d'ailleurs et la couleur inconnue qui couronnait les fronts de mer, il tourna son visage vers les ténèbres et les Terres intérieures.

À ce moment-là, la Mer chanta un chant funèbre au coucher du soleil pour tout le mal qu'elle avait fait dans sa colère et pour toutes les ruines infligées aux navires aventureux. Et il y avait des larmes dans la voix de la Mer tyrannique, car elle avait aimé les galions qu'elle avait écrasés. Et elle appela tous les hommes à elle et tous les êtres vivants pour qu'ils se rachètent, car elle avait aimé les ossements qu'elle avait éparpillés au loin. Et Athelvok se retourna et posa un pied sur la pente émiettée, puis un autre, et marcha un peu pour se rapprocher de la Mer. Et alors un rêve lui vint et il sentit que les hommes avaient fait du tort à la belle Mer parce qu'elle avait été un peu en colère, parce qu'elle avait été parfois cruelle. Il sentit qu'il y avait du trouble parmi les marées parce qu'elle avait aimé les galions qui étaient morts. Il continua à marcher et les pierres émiettées roulèrent avec lui, et juste au moment où le crépuscule s'effaçait et où une étoile apparaissait, il arriva sur le rivage doré. Et il marcha jusqu'à ce que les vagues lui touchent les genoux, et il entendit les bénédictions de la mer comme une prière. Il resta longtemps ainsi, tandis que les étoiles apparaissaient au-dessus de lui et brillaient à nouveau dans les vagues. D'autres étoiles montaient de la mer en tournoyant, des lumières scintillaient dans toute la ville de ce havre, des lanternes étaient suspendues aux navires, la nuit pourpre brûlait. Et la Terre, aux yeux des dieux assis au loin, brillait comme d'une seule flamme. Puis Athelvok se rendit dans la cité. Il y rencontra de nombreux habitants qui avaient quitté les Terres Intérieures avant lui. Aucun d'entre eux ne souhaitait retourner auprès des gens qui n'avaient pas vu la Mer. Beaucoup avaient oublié les trois petits royaumes, et l'on racontait qu'un homme, qui avait essayé une fois de revenir, avait trouvé la pente mouvante et émiettée impossible à gravir.

Hilnaric ne se maria jamais. Mais sa dot fut mise de côté pour construire un temple où les hommes pourraient maudire l'océan.

Une fois par an, avec un rite et une cérémonie solennels, ils maudissent les marées. Et la lune qui les regarde, les déteste.

Blagdaross

Sur un terrain vague jonché de briques dans les faubourgs d'une ville, le crépuscule tombait. Une étoile ou deux apparaissaient au-dessus de la fumée, et des fenêtres lointaines allumaient des lumières mystérieuses. L'immobilité et la solitude s'accentuaient. Alors toutes les choses jetées qui sont silencieuses le jour retrouvaient leurs voix.

Un vieux bouchon parla le premier. Il dit :

— J'ai grandi dans les bois andalous, mais je n'ai jamais écouté les chansons oiseuses de l'Espagnc. J'ai seulement pris des forces dans la lumière du soleil en attendant mon destin. Un jour, les marchands sont venus et nous ont tous emmenés le long du rivage de la mer, entassés sur des dos d'ânes, dans une ville au bord de la mer, où ils m'ont donné la forme que j'ai maintenant. Un jour, ils m'ont envoyé au nord, en Provence, et là, j'ai accompli mon destin. Ils m'ont placé comme gardien du vin qui bouillonnait, et j'ai fidèlement fait office de sentinelle pendant vingt ans. Les premières années, dans la bouteille que je gardais, le vin dormait, rêvant de la Provence. Mais au fil des ans, il devint de plus en plus fort, jusqu'à ce qu'enfin, chaque fois qu'un homme passait, le vent déployait toutes ses forces contre moi, disant : « Laissez-moi partir, laissez-moi partir ! » Et chaque année, sa force augmentait, et il devenait plus bruyant au passage des hommes, mais il ne parvenait jamais à me chasser de mon poste. Mais quand je l'eus puissamment tenu pendant vingt ans, ils l'amenèrent au banquet et m'ôtèrent de mon poste, et le vin s'éleva joyeux. Il bondit dans les veines des hommes et exalta leurs âmes jusqu'à ce qu'ils se dressent à leur place et chantent des chansons provençales. Mais moi, ils m'ont jeté, moi qui avais été sentinelle pendant vingt ans et qui étais toujours aussi fort et vigoureux que lorsque j'avais commencé à monter la garde. Maintenant, je suis un paria dans une ville froide du nord, moi qui ai connu les cieux andalous et qui ai gardé, il y a longtemps, les soleils provençaux qui nageaient au cœur du vin joyeux.

Une allumette non enflammée que quelqu'un avait fait tomber prit ensuite la parole.

— Je suis un enfant du soleil, dit-elle, et un ennemi des villes. Il y a plus dans mon cœur que vous ne le savez. Je suis la sœur de l'Etna et du Stromboli. Je porte en moi des feux qui s'élèveront un jour beaux et forts. Nous n'allons pas en servitude sur un foyer, ni ne travaillons sur des machines pour notre nourriture, mais nous prenons notre nourriture où nous la trouvons le jour où nous sommes fortes. Il y a dans mon cœur des enfants merveilleux dont les visages sont plus vivants que l'arc-en-ciel. Ils font un pacte avec le vent du Nord, et il les conduit en avant. Tout est noir derrière eux et noir au-dessus d'eux, et il n'y a rien de beau dans le monde à part eux. Ils s'emparent dc la terre et elle est à eux, et rien ne les arrête sauf notre vieil ennemi la mer.

Alors une vieille bouilloire brisée parla, et dit :

— Je suis l'amie des villes. Je suis assise parmi les esclaves sur l'âtre, les petites flammes qui ont été alimentées avec du charbon. Quand les esclaves dansent derrière les barres de fer, je m'assieds au milieu de la danse et je chante pour faire plaisir à nos maîtres. Et je fais des chansons sur le confort du chat, et sur la malice qui est envers elle dans le cœur du chien, et sur le ramper du bébé, et sur l'aisance qui est au seigneur de la maison quand nous faisons infuser le bon thé brun. Et parfois quand la maison est très chaude et que les esclaves et les maîtres sont heureux, je réprimande les vents hostiles qui rôdent dans le monde.

Et alors parla le morceau d'une vieille corde :

— J'ai été créé dans un lieu de malheur, et des hommes condamnés ont fabriqué mes fibres, travaillant sans espoir. C'est pourquoi j'ai acquis un caractère sinistre, de sorte que je ne laisse jamais rien se libérer lorsque j'ai décidé de le lier. J'ai lié plus d'une chose sans relâche pendant des mois et des années. J'avais l'habitude d'entrer en spirale dans des entrepôts où les grandes boîtes étaient toutes ouvertes à l'air libre, et l'une d'elles était soudainement fermée, et ma force effrayante s'abattait sur elle comme une précision, et si ses poutres gémissaient lorsque je les saisissais pour la première fois, ou si elles grinçaient à voix haute dans la nuit solitaire, en pensant aux forêts d'où elles venaient, alors je ne faisais que les serrer encore plus fort, car ma pauvre haine inutile est dans l'âme de ceux qui m'ont fait dans le lieu du malheur. Pourtant, malgré toutes les choses que mon étau a retenues, la dernière chose que j'ai faite a été de libérer quelque chose. Je suis resté inactif une nuit dans l'obscurité du sol d'un entrepôt. Rien ne bougeait, et même l'araignée dormait. Vers minuit, une grande volée d'échos s'est soudain élevée des planches de bois et a fait le tour du toit. Un homme venait vers moi, tout seul. Je vis qu'il y avait une grande difficulté entre l'homme et son âme, car son âme ne voulait pas le laisser tranquille, et continuait à lui faire des reproches.

« L'homme me vit et dit : « Au moins, ceci ne me fera pas défaut ». Quand je l'ai entendu dire cela à mon sujet, j'ai décidé que tout ce qu'il pourrait exiger de moi, je devais le faire jusqu'au bout. Et comme je prenais cette résolution dans mon cœur inébranlable, il me souleva et se mit sur une boîte vide que je devais lier le lendemain, et il attacha une extrémité de moi à un chevron sombre. Le nœud était négligemment fait, parce que son âme lui faisait continuellement des reproches et ne lui laissait aucun répit. Puis il fit de l'autre bout de moi un nœud coulant. Mais quand l'âme de l'homme vit cela, elle cessa de faire des reproches à l'homme, et lui cria, et le pria d'être en paix avec elle et de ne rien faire dans la précipitation. Mais l'homme continua son travail, et mit le nœud coulant sur son visage et sous son menton, et l'âme poussa des cris horribles.

« L'homme repoussa la boîte d'un coup de pied, et au moment où il fit cela, je sus que ma force n'était pas suffisante pour le retenir. Mais je me souvins qu'il avait dit que je ne le laisserais pas tomber, et je mis toute ma vigueur sinistre dans mes fibres et tins par pure volonté. L'âme me cria alors de céder, mais je dis : « Non, vous avez contrarié l'homme ». Puis elle me cria de lâcher le chevron, et déjà je glissais, car je n'y tenais que par un nœud négligent, mais je m'agrippai avec ma poigne de prisonnier et dis : « Tu as contrarié l'homme ».

« Et très vite, elle me dit d'autres choses, mais je ne répondis pas. Et enfin l'âme qui contrariait l'homme qui m'avait fait confiance s'envola et le laissa en paix. Je ne fus plus jamais capable de lier les choses, car chacune de mes fibres était usée et déchirée, et même mon cœur implacable était affaibli par la lutte. Très vite après, j'étais jetée ici. J'avais fait mon travail. »

Ils parlaient ainsi entre eux, mais pendant tout ce temps se profilait au-dessus d'eux la forme d'un vieux cheval à bascule qui se plaignait amèrement. Il disait :

— Je suis Blagdaross. Malheur à moi, car je suis maintenant un paria parmi ces gens méritants mais petits. Hélas ! pour les jours qui s'écoulent, et hélas pour le Grand qui fut un maître et une âme pour moi, dont l'esprit est maintenant rétréci et ne pourra plus jamais me connaître, et ne pourra plus partir en quête chevaleresque. J'étais Bucéphale quand il était Alexandre, et je l'ai porté victorieux jusqu'en Inde. J'ai affronté des dragons avec lui quand il était Saint Georges, j'étais le cheval de Roland combattant pour la chrétienté, et j'étais souvent Rossinante. J'ai combattu dans des tournois et je me suis égaré dans des quêtes, j'ai rencontré Ulysse, les héros et les fées. Ou bien, tard dans la soirée, juste avant que les lampes de la chambre d'enfant ne soient éteintes, il me montait et nous galopions à travers l'Afrique. Là, nous traversions de nuit les forêts tropicales, et nous rencontrions de sombres rivières qui coulaient, toutes illuminées des yeux des crocodiles, où l'hippopotame flottait avec le courant, et où de mystérieuses embarcations surgissaient soudainement de l'obscurité et s'éloignaient furtivement. Et quand nous avions traversé la forêt éclairée par les lucioles, nous arrivions dans de vastes plaines, et galopions avec les flamants écarlates volant à nos côtés à travers les terres des rois sombres, avec des couronnes d'or sur leurs têtes et des sceptres dans leurs mains, qui sortaient en courant de leurs palais pour nous voir passer. Puis je me retournais soudainement, et la poussière s'envolait de mes quatre sabots et nous galopions à nouveau vers la maison, et mon maître était couché. Et de nouveau, il chevauchait un autre jour jusqu'à ce que nous arrivions à des forteresses magiques gardées par des sorciers et que nous renversions les dragons à la porte, et que nous revenions toujours avec une princesse plus belle que la mer.

« Mais mon maître commença à grandir dans son corps et à rapetisser dans son âme, et il partit de plus en plus rarement en quête. Finalement, il a vu l'or et n'est plus jamais revenu, et j'ai été jeté ici parmi ces petites gens. »

Mais pendant que le cheval à bascule parlait, deux garçons s'éloignèrent, sans être remarqués par leurs parents, d'une maison située en bordure du terrain vague, et le traversèrent à la recherche d'aventures. L'un d'eux portait un balai, et quand il vit le cheval à bascule, il ne dit rien, mais il cassa le manche du balai et le glissa entre ses bretelles et sa chemise du côté gauche. Puis il monta sur le cheval à bascule, et tirant le manche à balai, qui était pointu et hérissé au bout, il dit :

— Saladin est dans ce désert avec tous ses soldats, et moi je suis Cœur de Lion.

Après un moment, l'autre garçon dit :

— Laissez-moi aussi tuer Saladin.

Mais Blagdaross, dans son cœur de bois, qui exultait en pensant à la bataille, dit :

— Je suis encore Blagdaross !

La folie d'Andelsprutz

J'ai vu la ville d'Andelsprutz pour la première fois un après-midi de printemps. Le jour était plein de soleil quand j'arrivais par les champs, et toute la matinée je m'étais dit : « Il y aura du soleil quand je verrai pour la première fois la belle ville conquise dont la renommée m'a si souvent fait faire de beaux rêves ». Soudain, j'ai vu ses fortifications s'élever hors des champs, et derrière elles se dressaient ses clochers. Je suis entré par une porte et j'ai vu ses maisons et ses rues, et une grande déception m'envahit. Car une ville a un air et une allure qui permettent à l'homme de la reconnaître immédiatement. Il y a des villes pleines de bonheur, des villes pleines de plaisir, et des villes pleines de morosité. Il y a des villes tournées vers le ciel et d'autres tournées vers la terre. Certaines regardent le passé et d'autres regardent l'avenir. Certaines vous remarquent si vous venez chez elles, d'autres vous voient, d'autres vous laissent passer. Les unes aiment les villes qui sont leurs voisines, les autres sont chères aux plaines et aux landes. Certaines villes sont nues au vent, d'autres ont des manteaux violets, d'autres des manteaux bruns, d'autres sont vêtues de blanc. Certaines racontent la vieille histoire de leur enfance, avec d'autres c'est secret. Certaines villes chantent et d'autres murmurent, certaines sont en colère et d'autres ont le cœur brisé, et chaque ville a sa façon de saluer le Temps.

J'avais dit : « Je verrai Andelsprutz arrogante de sa beauté », et encore : « Je la verrai pleurer sur sa conquête ».

J'avais dit : « Elle me chantera des chansons », et « elle sera réticente », « elle sera toute vêtue », et « elle sera nue mais splendide ».

Mais les fenêtres de ses maisons regardaient les plaines d'un air vide, comme les yeux d'un fou. À l'heure, ses carillons sonnaient de façon désagréable et discordante, certains n'étaient pas accordés, et les cloches de certains clochers étaient fêlées, ses toits étaient chauves et sans mousse. Le soir, aucune rumeur agréable ne s'élevait dans ses rues. Lorsque les lampes étaient allumées dans les maisons, aucun flot de lumière mystique ne s'échappait dans le crépuscule, on voyait simplement qu'il y avait des lampes allumées : Andelsprutz n'avait pas d'allure ni d'air. Lorsque la nuit tomba et que les stores furent tous baissés, je perçus alors ce que je n'avais pas pensé à la lumière du jour. Je sus alors qu'Andelsprutz était morte.

Je vis un homme aux cheveux blonds qui buvait de la bière dans un café, et je lui dis :

— Pourquoi la ville d'Andelsprutz est-elle morte et son âme partie ?

Il répondit :

— Les villes n'ont pas d'âme et il n'y a jamais de vie dans les briques.

Et je posais la même question à un autre homme, qui me donna la même réponse, et je le remerciais de sa courtoisie. Puis je vis un homme plus mince, qui avait des cheveux noirs, et des canaux dans ses joues pour que les larmes y coulent, et je lui dis :

— Pourquoi Andelsprutz est-elle morte, et quand son âme s'en est-elle allée ?

Et il répondit :

— Andelsprutz a trop espéré. Pendant trente ans, elle a tendu chaque nuit les bras vers le pays d'Akla, vers la mère Akla à qui elle avait été volée. Chaque nuit, elle espérait et soupirait, et tendait les bras vers sa mère. À minuit, une fois par an, à l'anniversaire du jour terrible, Akla envoyait des espions déposer une couronne contre les murs d'Andelsprutz. Elle ne pouvait pas faire plus. Et cette nuit-là, une fois par an, j'avais l'habitude de pleurer, car pleurer était l'humeur de la ville qui m'avait nourri. Chaque nuit, pendant que les autres villes dormaient, Andelsprutz restait assise à ruminer et à espérer, jusqu'à ce que trente couronnes moisissent sur ses murs, et que les armées d'Akla ne puissent toujours pas venir.

« Mais après avoir espéré si longtemps, et la nuit où de fidèles espions lui avaient apporté sa trentième couronne, Andelsprutz devint soudain folle. Toutes les cloches sonnèrent hideusement dans les clochers, les chevaux s'emballèrent dans les rues, les chiens hurlèrent, les conquérants impassibles s'éveillèrent, se retournèrent dans leur lit et se rendormirent. Et je vis la forme grise et ombrageuse d'Andelsprutz se lever, parant ses cheveux de fantaisies, de cathédrales, et s'éloigner à grands pas de sa ville. Et la grande forme ombreuse qui était l'âme d'Andelsprutz s'en alla en murmurant vers les montagnes, et là je la suivis – car n'avait-elle pas été ma nourrice ? Oui, je suis parti seul dans les montagnes, et pendant trois jours, enveloppé dans un manteau, je dormis dans leurs solitudes brumeuses. Je n'avais rien à manger, et pour boire je n'avais que l'eau des ruisseaux. Le jour, aucun être vivant n'était près de moi, et je n'entendais que le bruit du vent et le mugissement des eaux. Mais pendant trois nuits, j'entendis tout autour de moi, sur la montagne, les bruits d'une grande ville. Je vis les lumières des fenêtres des grandes cathédrales clignoter momentanément sur les sommets, et parfois la lanterne scintillante de quelque patrouille. Et je vis l'immense silhouette brumeuse de l'âme d'Andelsprutz, assise, parée de ses cathédrales fantômes, se parlant à elle-même, les yeux fixés devant elle dans un regard fou, racontant d'anciennes guerres. Et son discours confus pendant toutes ces nuits sur la montagne était parfois la voix du trafic, puis des cloches d'église, puis des clairons, mais le plus souvent c'était la voix de la guerre. Et tout cela était incohérent, elle était totalement folle.

« La troisième nuit, il plut abondamment, mais je restais là-haut pour observer l'âme de ma ville natale. Et elle était toujours assise, regardant fixement devant elle, en train de délirer, mais sa voix était devenue plus douce, il y avait plus de carillons et même quelques chansons. Minuit passa, et la pluie s'abattait toujours sur moi, et les solitudes de la montagne étaient toujours pleines des murmures de la pauvre ville folle. Et les heures après minuit arrivèrent, les heures froides où les hommes malades meurent.

« Soudain, je fus conscient de grandes formes qui se déplaçaient dans la pluie, et j'entendis le son de voix qui n'étaient ni de ma ville, ni d'aucune autre que j'ai jamais connue. Et bientôt, je discernai, bien que faiblement, les âmes d'un grand nombre de villes, toutes se penchant sur Andelsprutz et la réconfortant. Et les ravins des montagnes rugirent cette nuit-là avec les voix de villes qui étaient restées immobiles pendant des siècles. Car voici l'âme de Camelot qui avait si longtemps abandonné Usk, et voici Ilion, toute ceinte de tours, qui maudit encore le doux visage de la ruineuse Hélène. J'ai vu là Babylone et Persépolis, et le visage barbu de Ninive, semblable à un taureau, et Athènes pleurant ses dieux immortels.

« Toutes ces âmes de villes mortes parlèrent à ma ville cette nuit-là sur la montagne et l'apaisèrent, jusqu'à ce qu'enfin elle ne murmure plus de guerre, et que ses yeux ne regardent plus fixement, mais qu'elle cache son visage dans ses mains et pleure doucement pendant quelque temps. Enfin, elle se leva et, marchant lentement, la tête courbée et s'appuyant sur Ilion et Carthage, elle se dirigea vers l'est en pleurant. La poussière de ses routes tourbillonnait derrière elle, une poussière fantomatique qui ne s'est jamais transformée en boue sous cette pluie torrentielle. Les âmes des villes la conduisaient ainsi, et peu à peu elles disparurent de la montagne, et leurs voix anciennes s'éteignaient dans le lointain.

« Depuis lors, je n'ai jamais vu ma ville vivante. Mais une fois j'ai rencontré un voyageur qui disait que quelque part au milieu d'un grand désert sont rassemblées les âmes de toutes les villes mortes. Il disait qu'il s'était perdu une fois dans un endroit où il n'y avait pas d'eau, et qu'il avait entendu leurs voix parler toute la nuit. »

Je répondis :

— J'étais une fois sans eau dans un désert et j'ai entendu une ville me parler, mais je ne savais pas si elle me parlait vraiment ou non, car ce jour-là, j'entendis tant de choses terribles, et seules certaines d'entre elles semblaient vraies.

Et l'homme aux cheveux noirs dit :

— Je crois que c'est vrai, mais je ne sais pas où elle est allée. Je sais seulement qu'un berger m'a trouvé le matin, évanoui de faim et de froid, et qu'il m'a porté jusqu'ici ; et quand je suis arrivé à Andelsprutz, elle était, comme vous l'avez perçue, morte.

Là où la marée monte et descend

J'ai rêvé que j'avais fait une chose horrible, de sorte que la sépulture me serait refusée, que ce soit en terre ou en mer, et qu'il n'y aurait pas d'enfer pour moi.

J'attendis quelques heures, sachant cela. Puis mes amis vinrent me chercher, me tuèrent secrètement et selon le rite antique, allumèrent de grandes bougies et m'emportèrent.

C'est à Londres que la chose se fit, et ils allèrent furtivement, à la tombée de la nuit, le long de rues grises et parmi des maisons minables, jusqu'à ce qu'ils arrivent à la rivière. Et le fleuve et la marée de la mer étaient aux prises l'un avec l'autre entre les bancs de boue, et tous deux étaient noirs et pleins de lumières. Un étonnement soudain se fit jour dans les yeux de chacun d'eux, lorsque mes amis s'approchèrent avec leurs bougies lumineuses. J'ai vu toutes ces choses pendant qu'ils me portaient, mort et raide, car mon âme était encore parmi mes os, parce qu'il n'y avait pas d'enfer pour elle, et parce que la sépulture chrétienne m'était refusée.

Ils me firent descendre un escalier vert de choses gluantes, et arrivèrent ainsi lentement à la terrible boue. Là, dans le territoire des choses abandonnées, ils creusèrent une tombe peu profonde. Quand ils eurent fini, ils m'y déposèrent, et soudain ils jetèrent leurs bougies dans le fleuve. Et quand l'eau eut éteint les flammes, les bougies parurent pâles et petites, flottant sur la marée. Et aussitôt le charme de la calamité disparut, et je remarquai alors l'approche de l'immense aube. Mes amis jetèrent leurs manteaux sur leurs visages, et la procession solennelle se transforma en de nombreux fugitifs qui s'éloignèrent subrepticement.

Puis la boue revint lasse et couvrit tout sauf mon visage. Je restais là, seul, avec des choses tout à fait oubliées, avec des choses à la dérive que les marées n'emporteront pas plus loin, avec des choses inutiles et des choses perdues, et avec les horribles briques contre nature qui ne sont ni pierre ni terre. Je n'avais plus de sentiment, car j'avais été tué, mais la perception et la pensée étaient dans mon âme malheureuse. L'aube s'élargissait, et je voyais les maisons désolées qui encombraient la berge de la rivière, et leurs fenêtres mortes regardaient dans mes yeux morts, des fenêtres avec des balles derrière elles au lieu d'âmes humaines. Je me suis tellement lassé en regardant ces choses désespérées que j'aurais voulu crier, mais je ne pouvais pas, parce que j'étais mort. Je sus alors, comme je ne l'avais jamais su auparavant, que pendant toutes ces années, ce monceau de maisons désolées aurait voulu crier lui aussi, mais qu'étant mort, il était muet. Et je sus alors que les choses oubliées et à la dérive auraient pu pleurer, mais qu'elles étaient sans yeux et sans vie. Et moi aussi, j'essayais de pleurer, mais il n'y avait pas de larmes dans mes yeux morts. Et je sus alors que le fleuve aurait pu prendre soin de nous, nous caresser, nous chanter des chansons, mais il avait continué à avancer, ne pensant qu'aux navires princiers.

Enfin, la marée a fait ce que le fleuve ne voulait pas faire, elle vint me recouvrir, et mon âme se reposa dans l'eau verte, elle se réjouit et crut qu'elle avait la sépulture de la mer. Mais avec le reflux, l'eau retomba, et me laissa à nouveau seul avec la boue insensible parmi les choses oubliées qui ne dérivent plus, et avec la vue de toutes ces maisons désolées, et la certitude pour nous tous que chacun était mort.

Dans le mur lugubre derrière moi, recouvert de mauvaises herbes, abandonné de la mer, des tunnels sombres apparurent, et d'étroits passages secrets qui étaient serrés et grillagés. C'est de là que les rats furtifs descendirent enfin pour me grignoter, et mon âme s'en réjouit, croyant qu'elle serait libérée par la force des maudits ossements auxquels on avait refusés la sépulture. Très vite, les rats s'éloignèrent un peu et chuchotèrent entre eux. Ils ne revinrent plus jamais. Quand je découvris que j'étais maudit même parmi les rats, j'essayais de pleurer à nouveau.

Puis la marée revint et recouvrit l'affreuse boue, elle cacha les maisons abandonnées, elle apaisa les choses oubliées, et mon âme se reposa pendant un moment dans la sépulture de la mer. Et puis la marée m'abandonna de nouveau.

Pendant de nombreuses années, je n'ai cessé d'aller et venir. Puis le conseil du comté me trouva, et me donna un enterrement décent. C'était la première vraie tombe dans laquelle j'allais dormir. La nuit même, mes amis vinrent me chercher. Ils me déterrèrent et me remirent dans la fosse peu profonde de la boue.

Au fil des ans, mes ossements trouvèrent une sépulture, mais derrière les funérailles se cachait toujours un de ces hommes terribles qui, dès que la nuit tombait, venait les déterrer et les ramener dans le trou de boue.

Et puis, un jour, le dernier de ces hommes qui m'avaient fait cette chose terrible mourut. J'entendis son âme traverser la rivière au coucher du soleil.

Et de nouveau, j'espérais.

Quelques semaines plus tard, on me retrouva une fois de plus, et une fois de plus, on me sortit de cet endroit agité pour m'enterrer profondément dans une terre sacrée, où mon âme espérait reposer.

Presque aussitôt, des hommes vinrent avec des manteaux et des bougies pour me rendre à la boue, car la chose était devenue une tradition, un rite. Et toutes les choses abandonnées se moquèrent de moi dans leurs cœurs muets quand elles me virent ramené, car elles étaient jalouses que j'ai quitté la boue. Il faut se souvenir que je ne pouvais pas pleurer. Et les années s'écoulèrent vers la mer où vont les barges noires, et les grands siècles abandonnés se perdirent en mer, et je restais là, sans aucune raison d'espérer, et n'osant pas espérer sans raison, à cause de la terrible jalousie et de la colère des choses qui ne pouvaient plus dériver.

Une fois, une grande tempête s'éleva jusqu'à Londres, sortant de la mer par le sud. Elle entra dans le fleuve avec le vent violent de l'est. Il était plus puissant que les marées lugubres, et faisait de grands bonds sur la boue inerte. Et toutes les choses tristes et oubliées se réjouirent, et se mêlèrent à des choses plus hautes qu'elles, et chevauchèrent une fois de plus parmi les navires seigneuriaux qui allaient et venaient. Et de leur hideuse demeure, il sortit mes os, pour qu'ils ne soient plus jamais, je l'espérais, contrariés par le flux et le reflux. Et avec la marée descendante, il descendit le fleuve et se tourna vers le sud, et s'en alla ainsi chez lui. Il avait dispersé mes os sur de nombreuses îles et le long des rivages d'heureux pays étrangers. Et pendant un moment, alors qu'ils étaient loin les uns des autres, mon âme était presque libre.

Puis, à la volonté de la lune, le flux assidu de la marée se leva, et il défit aussitôt le travail du jusant, et rassembla mes os des berges des îles ensoleillées, et les glana tout le long des rivages du continent, et alla en se balançant vers le nord jusqu'à ce qu'il arrive à l'embouchure de la Tamise. Là, il tourna vers l'ouest son visage implacable, et remonta ainsi le fleuve et arriva au trou dans la boue, et dans celui-ci tombèrent mes os. La boue les recouvrit en partie et en partie elle les laissa blancs, car la boue ne se soucie pas de ce qu'elle abandonne.

Puis vint le reflux, et je vis les yeux morts des maisons et la jalousie des autres choses oubliées que la tempête n'avait pas emportées.

Et d'autres siècles passèrent sur le flux et le reflux et sur la solitude des choses perdues. Et moi, je restais là, dans l'emprise insouciante de la boue, jamais entièrement recouvert, mais jamais capable de me libérer, et j'aspirais à la grande caresse de la terre chaude ou au confortable giron de la mer.

Parfois, des hommes trouvaient mes os et les enterraient, mais la tradition ne mourait jamais, et les successeurs de mes amis les ramenaient toujours. Finalement, les barges cessèrent de circuler et les lumières se firent plus rares ; les poutres profilées ne flottèrent plus sur le chenal, mais des vieux arbres déracinés par le vent apparurent dans toute leur simplicité naturelle.

Enfin, je me rendis compte que, quelque part près de moi, un brin d'herbe poussait, et la mousse commença à apparaître partout sur les maisons mortes. Un jour, du chardon s'est mis à dériver sur la rivière.

Pendant quelques années, j'observais ces signes avec attention, jusqu'à ce que je sois certain que Londres disparaissait. Alors j'espérais une fois de plus. Et tout le long des deux rives du fleuve, les choses perdues se mirent en colère que l'on ose espérer sur la boue abandonnée. Peu à peu, les horribles maisons s'écroulèrent, jusqu'à ce que les pauvres choses mortes qui n'avaient jamais eu de vie soient enterrées décemment parmi les mauvaises herbes et la mousse. Enfin, le mai apparut et le convolvulus. Enfin, le rosier sauvage se dressa sur les monticules qui avaient été des quais et des entrepôts. Je sus alors que la cause de la nature avait triomphé, et que Londres avait disparu.

Le dernier homme de Londres s'approcha du mur près de la rivière, vêtu d'un manteau ancien qui était l'un de ceux que portaient autrefois mes amis, et jeta un coup d'œil par-dessus le bord pour voir si j'étais toujours là. Puis il est parti, et je ne revis plus jamais d'hommes : ils avaient disparu avec Londres.

Quelques jours après le départ du dernier homme, les oiseaux virent à Londres, les oiseaux qui chantent. Quand ils me virent pour la première fois, ils me regardèrent tous de travers, puis ils s'éloignèrent un peu et parlèrent entre eux.

— Il n'a péché que contre l'homme, disaient-ils, ce n'est pas notre problème.

— Soyons gentils avec lui, dirent-ils.

Puis ils sautèrent plus près de moi et se mirent à chanter. C'était l'heure du lever de l'aube, et des deux rives de la rivière, du ciel et des fourrés qui étaient autrefois les rues, des centaines d'oiseaux chantaient. À mesure que la lumière augmentait, les oiseaux chantaient de plus en plus. Ils devenaient de plus en plus nombreux dans le ciel au-dessus de ma tête, jusqu'à ce qu'il y en ait des milliers, puis des millions, et enfin que je ne vois plus qu'une foule d'ailes scintillantes avec la lumière du soleil dessus, et de petits espaces de ciel. Puis, quand il n'y eut plus rien à entendre dans Londres que les myriades de notes de ce chant exultant, mon âme s'éleva des os du trou dans la boue et commença à monter vers le ciel. Il me sembla qu'un chemin s'ouvrait entre les ailes des oiseaux, qu'il montait et montait, et qu'une des petites portes du Paradis était entrouverte à son extrémité. Et alors je sus par un signe que la boue ne devait plus me recevoir, car soudain je m'aperçus que je pouvais pleurer.

À ce moment-là, j'ouvris les yeux dans mon lit, dans une maison de Londres, et dehors, quelques moineaux gazouillaient dans un arbre à la lumière du matin radieux.

Et j'avais encore des larmes sur le visage, car la retenue est faible quand on dort. Je me levais, ouvris la fenêtre en grand, et, étendant mes mains sur le petit jardin, je bénis les oiseaux dont le chant m'avait réveillé des siècles troublés et terribles de mon rêve.

Bethmoora

Il y a une légère fraîcheur dans la nuit londonienne, comme si un fêtard égaré avait laissé ses camarades dans les hautes terres du Kentish et était entré dans la ville à la dérobée. Les trottoirs sont un peu humides et brillants. Les oreilles, qui à cette heure tardive sont devenues très sensibles, entendent le bruit d'un pas lointain. De plus en plus fort, le bruit des pas envahit toute la nuit. Une silhouette noire passe et s'enfonce dans l'obscurité. Ceux qui ont dansé rentrent chez eux. Quelque part, un bal a fermé ses portes et s'est terminé. Ses lumières jaunes se sont éteintes, ses musiciens se sont tus, ses danseurs sont tous partis dans l'air de la nuit, et le Temps a dit : « Qu'il soit passé et terminé, et qu'il fasse partie des choses que j'ai mises de côté ».

Les ombres commencent à se détacher de leurs grands lieux de rassemblement. Non moins silencieusement que ces ombres qui sont minces et mortes, les chats furtifs rentrent chez eux. C'est ainsi que nous avons, même à Londres, nos faibles pressentiments de l'approche de l'aube, que les oiseaux, les bêtes et les étoiles crient à haute voix aux champs sans entraves.

À quel moment, je ne sais pas, je perçois que la nuit elle-même est irrévocablement renversée. La pâleur lasse des lampadaires me révèle soudain que les rues sont encore silencieuses et nocturnes, non pas parce que la nuit a une force quelconque, mais parce que les hommes ne se sont pas encore levés de leur sommeil pour la défier. C'est ainsi que j'ai vu, aux portes des palais, des gardes déprimés et négligés, portant encore des mousquets anciens, bien que les royaumes du monarque qu'ils gardent se soient réduits à une seule province qu'aucun ennemi n'a encore pris la peine d'envahir.

Et il est maintenant évident, d'après l'aspect des lampadaires, ces dépendants découragés de la nuit, que les sommets des montagnes anglaises ont déjà vu l'aube, que les falaises de Douvres se dressent blanches au matin, que la brume de la mer s'est levée et se répand dans les terres.

Et maintenant, des hommes armés d'un tuyau d'arrosage sont venus et nettoient les rues.

Voilà que la nuit est morte.

Quels souvenirs, quelles fantaisies envahissent l'esprit ! Une nuit qui vient juste d'être retirée de Londres par l'horrible main du temps. Un million de choses artificielles communes, toutes enveloppées pour un moment de mystère, comme des mendiants vêtus de pourpre, et assis sur des trônes redoutables. Quatre millions de personnes endormies, rêvant peut-être. Dans quels mondes sont-ils allés ? Qui ont-ils rencontré ? Mais mes pensées sont loin, avec Bethmoora dans sa solitude, dont les portes se balancent dans tous les sens. Elles vont et viennent, et grincent et craquent dans le vent, mais personne ne les entend. Elles sont en cuivre vert, très belles, mais personne ne les voit maintenant. Le vent du désert verse du sable dans leurs charnières, aucun gardien ne vient les soulager. Aucun garde ne fait le tour des créneaux de Bethmoora, aucun ennemi ne les assaille. Il n'y a pas de lumières dans ses maisons, pas de pas dans ses rues, elle se tient là, morte et solitaire, au-delà des collines d'Hap, et je voudrais voir Bethmoora une fois de plus, mais je n'ose pas.

Il y a bien des années, me dit-on, que Bethmoora est devenue désolée.

On parle de sa désolation dans les tavernes où se rencontrent les marins, et certains voyageurs m'en ont parlé.

J'avais espéré revoir Bethmoora. Il y a bien longtemps, dit-on, que la vendange a été récoltée pour la dernière fois dans les vignobles que j'ai connus, où tout est désert maintenant. C'était une journée radieuse, et les gens de la ville dansaient près des vignes, tandis qu'ici et là on jouait au kalipac. Les arbustes à fleurs violettes étaient tous en fleurs, et la neige brillait sur les collines d'Hap.

A l'extérieur des portes de cuivre, ils écrasaient les raisins dans des cuves pour faire le syrabub. C'était un bon millésime.

Dans les petits jardins à la lisière du désert, les hommes battaient le tambang et le tittibuk, et soufflaient mélodieusement le zootibar.

Tout le monde était en liesse, chantait et dansait, car la vendange avait été récoltée, et qu’il y aurait suffisamment de syrabub pour les mois d'hiver. Et il en resterait beaucoup à échanger contre des turquoises et des émeraudes avec les marchands qui descendent d'Oxuhahn. Ils se réjouirent ainsi toute la journée de leur récolte sur l'étroite bande de terre cultivée qui s'étendait entre Bethmoora et le désert qui rencontre le ciel au sud. Et lorsque la chaleur du jour commença à diminuer, et que le soleil se rapprocha des neiges sur les collines d’Hap, la note du zootibar s'élevait encore clairement des jardins, et les robes brillantes des danseurs s'enroulaient encore parmi les fleurs. Toute la journée, trois hommes sur des mules avaient été remarqués traversant le versant des Collines d’Hap. Ils avançaient et reculaient au fur et à mesure que la piste descendait, trois petites taches noires sur la neige. Ils avaient été vus pour la première fois très tôt le matin, près de l'épaule de Peol Jagganoth, et semblaient venir d'Utnar Vehi. Ils avaient cheminé toute la journée. Et le soir, juste avant que les lumières s'éteignent et que les couleurs changent, ils étaient apparus devant les portes de cuivre de Bethmoora. Ils portaient des bâtons, comme en portent les messagers dans ces contrées, et semblaient sombrement vêtus lorsque les danseurs les entourèrent de leurs robes vertes et lilas. Les Européens qui étaient présents et qui entendirent le message donné ne connaissaient pas la langue, et ne retinrent que le nom d'Utnar Vehi. Mais le message fut bref et passa rapidement de bouche en bouche, et presque aussitôt, les gens brûlèrent leurs vignes et commencèrent à fuir Bethmoora, se dirigeant pour la plupart vers le nord, bien que certains allassent vers l'est. Ils descendirent en courant de leurs belles maisons blanches, et se précipitèrent par la porte de cuivre. Le battement du tambang et du tittibuk cessa soudain avec la note du Zootibar, et le cliquetis du kalipac s'arrêta un instant après. Les trois étranges voyageurs reprirent leur chemin à l'instant même où leur message fut donné. C'était l'heure où une lumière serait apparue dans quelque haute tour, et où fenêtre après fenêtre aurait versé dans le crépuscule sa lumière effrayante pour les lions, et où les portes des tonnelles auraient été fermées. Mais aucune lumière n'apparut aux fenêtres cette nuit-là et ne l'a jamais été depuis, et ces portes de cuivre sont restées grandes ouvertes et ne se sont jamais refermées. Et le bruit s'est élevé du feu rouge qui crépitait dans les vignes, et du tapotement des pieds qui s'enfuyaient doucement. Il n'y avait pas de cris, pas d'autres sons, seulement une fuite rapide et déterminée. Ils s'enfuyaient aussi rapidement et silencieusement qu'un troupeau de bovins sauvages s'enfuit lorsqu'il aperçoit soudainement un homme. C'était comme s'il était arrivé quelque chose que l'on craignait depuis des générations, qui ne pouvait être évité que par une fuite immédiate, qui ne laissait pas de temps à l'indécision.

Puis la peur s'est emparée des Européens, et eux aussi avaient fui. Et je n'ai jamais su quel était le message.

Beaucoup pensent qu'il s'agissait d'un message de Thuba Mleen, le mystérieux empereur de ces terres, qui n'est jamais vu de l'homme, conseillant de laisser Bethmoora déserte. D'autres disent que le message était un avertissement des dieux, qu'il s'agisse de dieux amis ou de dieux adverses, ils ne le savent pas.

D'autres encore affirment que la peste ravageait une série de villes d'Utnar Vehi, suivant le vent du sud-ouest qui, depuis de nombreuses semaines, soufflait sur elles en direction de Bethmoora.

Certains disent encore que les trois voyageurs étaient atteints de la terrible maladie gnousar, et que leurs mules en étaient trempées, et supposent qu'ils ont été conduits à la ville par la faim, mais ne suggèrent pas de meilleure raison pour un crime aussi terrible.

Mais la plupart croient qu'il s'agissait d'un message du désert lui-même, qui possède toute la Terre au sud, adressé avec son cri particulier à ces trois personnes qui connaissaient sa voix – des hommes qui avaient passé la nuit sans tente sur les étendues de sable, qui avaient passé le jour sans eau, des hommes qui avaient été là où le désert murmure, et qui avaient appris à connaître ses besoins et sa malveillance. Ils disaient que le désert avait besoin de Bethmoora, qu'il souhaitait entrer dans ses jolies rues, et envoyer dans ses temples et ses maisons ses tempêtes drapés de sable. Car le désert déteste le son et la vue des hommes dans son vieux cœur maléfique, et il voulait que Bethmoora soit silencieuse et tranquille, sauf pour l'étrange amour qu'il murmure à ses portes.

Si je savais quel est ce message que les trois hommes ont apporté sur des mules, et qu'ils ont dit à la porte de cuivre, je crois que j'irais revoir Bethmoora. Car un grand désir me prend, ici à Londres, de revoir une fois de plus cette blanche et belle cité. Et pourtant je n'ose pas, car je ne sais pas quel danger je devrais affronter, si je dois risquer la fureur de dieux inconnus et redoutables, ou quelque maladie indicible et lente, ou la malédiction du désert ou la torture dans quelque petite chambre privée de l'empereur Thuba Mleen, ou quelque chose que les voyageurs n'ont pas raconté – peut-être plus redoutable encore.

Voyage sur l'Yann

Je descendis par le bois sur la rive de Yann et je trouvais, comme cela avait été prophétisé, le navire Oiseau de la rivière sur le point de perdre son amarre.

Le capitaine était assis les jambes croisées sur le pont blanc, son cimeterre posé à côté de lui dans son fourreau orné de bijoux, et les marins s'affairaient à déployer les voiles agiles pour amener le navire dans le courant central du Yann, tout en chantant d'anciennes chansons apaisantes. Et le vent du soir, descendant frais des champs de neige de quelque demeure montagneuse de dieux lointains, vint soudain, comme une bonne nouvelle à une ville anxieuse, dans les voiles en forme d'ailes.

Nous arrivâmes ainsi dans le courant central, où les marins abaissèrent les grandes voiles. J'étais allé me prosterner devant le capitaine, et m'enquérir des miracles et des apparitions parmi les hommes des dieux très saints de quelque pays qu'il vienne. Le capitaine répondit qu'il venait du beau

Belzoond, et qu'il adorait les dieux les plus petits et les plus humbles, qui envoyaient rarement la famine ou le tonnerre, et qui étaient facilement apaisés par de petites batailles. Je racontais que je venais d'Irlande, qui est d'Europe, ce qui fit rire le capitaine et tous les marins, qui dirent : « Il n'y a pas de tels endroits dans tout le pays des rêves. » Quand ils eurent cessé de se moquer de moi, j'expliquais que mon « imagination » habitait surtout le désert de Cuppar-Nombo, autour d'une belle ville bleue appelée Golthoth la Damnée, qui était gardée par des loups et leurs ombres, et qui était complètement désolée depuis des années et des années, à cause d'une malédiction que les dieux avaient prononcée un jour dans leur colère et qu'ils n'avaient jamais pu rappeler depuis. Et parfois mes rêves m'emmenaient jusqu'à Pungar Vees, la ville aux murs rouges où se trouvent les fontaines, qui fait du commerce avec les îles et Thul. Quand je leur dit cela, ils me complimentèrent sur le lieu de mon imagination, en disant que, bien qu'ils n'aient jamais vu ces villes, de tels endroits pourraient bien être imaginés. Pendant le reste de la soirée, je négociais avec le capitaine la somme que je devrais lui verser pour tout trajet si Dieu et la marée du Yann nous amenaient sains et saufs jusqu'aux falaises du bord de mer, qui portent le nom de Bar-Wul-Yann, la porte du Yann.

Le soleil s'était couché, et toutes les couleurs du monde et du ciel avaient fait la fête avec lui, et s'étaient éclipsées une à une devant l'approche imminente de la nuit. Les perroquets s'étaient tous envolés vers la jungle sur l'une ou l'autre rive, les singes alignés en toute sécurité sur les hautes branches des arbres étaient silencieux et endormis, les lucioles dans les profondeurs de la forêt allaient et venaient, et les grandes étoiles sortaient brillantes pour regarder le visage du Yann. Alors les marins allumèrent des lanternes et les suspendirent autour du navire, et la lumière jaillit soudain et éblouit le Yann. Et les canards qui paissaient le long de ses rives marécageuses se levèrent tous soudainement, et firent de larges cercles dans le ciel, et virent les étendues lointaines du Yann et la brume blanche qui couvrait doucement la jungle, avant de retourner à leurs marais.

Puis les marins s'agenouillèrent sur les ponts et prièrent, pas tous ensemble, mais cinq ou six à la fois. Côte à côte, ils s'agenouillaient ensemble cinq ou six, car ne priaient en même temps que des hommes de confessions différentes, afin qu'aucun dieu n'entende deux hommes le prier en même temps. Dès que l'un d'eux avait terminé sa prière, un autre de la même confession prenait sa place. Ainsi s'agenouillait la rangée de cinq ou six têtes courbées sous la voile battante, tandis que le courant central du fleuve Yann les entraînait vers la mer, et que leurs prières s'élevaient parmi les lanternes et allaient vers les étoiles. Et derrière eux, à l'arrière du navire, le timonier priait à haute voix la prière du timonier, qui est priée par tous ceux qui suivent son métier sur le fleuve Yann, quelle que soit leur foi. Et le capitaine priait ses petits dieux mineurs, les dieux qui bénissent Belzoond.

Et moi aussi, je sentis que je devais prier. Cependant, je n'aimais pas prier un Dieu jaloux là où les dieux frêles et affectueux que les païens aiment étaient humblement invoqués. Je pensais donc, à la place, à Sheol Nugganoth, que les hommes de la jungle ont depuis longtemps abandonné, qui maintenant n’est plus vénéré et bien seul ; et je le priais.

Et pendant que nous priâmes, la nuit tomba soudainement, comme elle tombe sur tous les hommes qui prient le soir et sur tous ceux qui ne le font pas ; cependant nos prières réconfortaient nos propres âmes quand nous pensions à la Grande Nuit à venir.

Et le Yann nous porta magnifiquement en avant, car il était gorgé de neige fondue que les Poltiades lui avaient apportée des collines de Hap, ainsi que le Marn et le Migris qui étaient gonflés de crues. Il nous porta de toute sa force au-delà de Kyph et de Pir, et nous vîmes les lumières de Goolunza.

Bientôt nous dormîmes tous, sauf le timonier, qui gardait le navire au milieu du courant.

Lorsque le soleil se leva, le timonier cessa de chanter, car c'est en chantant qu'il se réconfortait dans cette nuit solitaire. Quand le chant cessa, nous nous réveillâmes, et un autre prit la barre, tandis que le timonier s'en allait dormir.

Nous savions que nous devions bientôt arriver à Mandaroon. Nous préparâmes un repas, et Mändaroon apparut. Alors le capitaine ordonna, et les marins relâchèrent à nouveau les grandes voiles, et le navire tourna et quitta le courant de Yann pour entrer dans un port sous les murs roux de Mandingue. Pendant que les marins allaient cueillir des fruits, j'arrivais seul à la porte de Mandingue. Quelques huttes se trouvaient à l'extérieur, dans lesquelles vivait la garde. Une sentinelle à la longue barbe blanche se tenait à la porte, armée d'une pique rouillée. Il portait de grosses lunettes, couvertes de poussière. Par la porte, je vis la ville. Un silence de mort l'enveloppait. Les chemins semblaient vierges, et la mousse était épaisse sur les pas de porte. Sur la place du marché, des silhouettes recroquevillées dormaient. Une odeur d'encens et de coquelicots brûlés flottait à travers la porte, et on entendait le bourdonnement des échos de cloches lointaines. Je dis à la sentinelle dans la langue de la région de Yann :

— Pourquoi sont-ils tous endormis dans cette ville immobile ?

— Personne ne peut poser de questions devant cette porte, de peur de réveiller les habitants de la ville. Car lorsque les habitants de cette cité se réveilleront, les dieux mourront. Et quand les dieux mourront, les hommes ne pourront plus rêver, répondit-il.

Je lui demandais quels dieux cette ville adorait, mais il leva sa pique, car personne ne pouvait poser cette questions. Je le quittais donc et retournais à l'Oiseau de la Rivière.

Pourtant, Mandaroon était belle avec ses pinacles blancs qui dominaient ses murs roux et le vert de ses toits de cuivre.

Quand je revins à l'Oiseau de la Rivière, les marins avaient déjà regagné le navire. Bientôt, nous levâmes l'ancre et reprîmes la mer, et nous arrivâmes de nouveau au milieu du fleuve. Et maintenant que le soleil se dirigeait vers ses hauteurs, il nous parvint le chant de ces innombrables myriades de chœurs qui accompagnent le Yann dans sa progression autour du monde. Car les petites créatures aux nombreuses pattes avaient déployé leurs ailes fines et faisaient au soleil des louanges jubilatoires et cérémonielles, ou se déplaçaient ensemble en des danses ondulantes, compliquées et rapides, ou s'écartaient pour éviter l'irruption de quelque goutte d'eau qu'une brise avait secouée d'une orchidée de la jungle, glaçant l'air et l'entraînant devant elle, tandis qu'elle tombait en tourbillonnant dans sa course vers la terre. Et pendant tout ce temps, elles chantaient triomphalement. « Car le jour est pour nous », disaient-elles, « si notre grand et sacré père le Soleil faisait surgir des marais d'autres vies comme nous, ou si le monde entier prenait fin ce soir ». Et elles chantaient tous les airs dont les notes sont connues des oreilles humaines, ainsi que ceux dont les notes bien plus nombreuses n'ont jamais été entendues par l'homme.

Pour elles, un jour de pluie était comme une ère de guerre qui devait désoler les continents pendant toute la vie d'un homme.

Et les papillons énormes et paresseux sortirent de la jungle sombre et fumante pour voir et se réjouir du soleil. Et ils dansaient, et dansaient sans rien faire, sur les chemins de l'air, comme quelque reine hautaine de terres conquises lointaines pourrait danser dans sa pauvreté et son exil, dans quelque campement de gitans, pour le simple pain dont elle a besoin pour vivre, mais au-delà de cela, elle n'abaisserait jamais son orgueil pour danser un instant de plus.

Et les papillons chantaient des choses étranges, des orchidées pourpres et des villes roses perdues et les couleurs monstrueuses de la décomposition de la jungle. Et eux aussi faisaient partie de ceux dont les voix ne sont pas perceptibles par les oreilles humaines. Et lorsqu'ils flottaient au-dessus de la rivière, passant de forêt en forêt, leur splendeur n'était égalée que par la beauté inimitable des oiseaux qui s'élançaient à leur poursuite. Ou bien, parfois, ils se posaient sur les fleurs blanches et cireuses de la plante qui rampe et grimpe autour des arbres de la forêt, et leurs ailes pourpres étincelaient sur les grandes fleurs comme, lorsque les caravanes vont de Nurl à Thace, les soies étincelantes se détachent sur la neige, où les marchands rusés les étalent une à une pour étonner les montagnards des collines de Noor.

Mais sur les hommes et les bêtes, le soleil envoyait de la somnolence. Les monstres du fleuve, le long de la berge du fleuve, dormaient dans la vase. Les marins dressèrent sur le pont un pavillon à glands d'or pour le capitaine, puis se mirent, tous sauf le timonier, sous une voile qu'ils avaient suspendue comme un auvent entre deux mâts. Puis ils se racontèrent des histoires, chacun de sa ville ou des miracles de son dieu, jusqu'à ce que tous se soient endormis. Le capitaine m'offrit l'ombre de son pavillon aux glands d'or, et là nous parlâmes un moment. Il me dit qu'il portait des marchandises à Perdondaris, et qu'il rapporterait à la belle Belzoond des choses relatives aux affaires de la mer. Puis, comme je regardais par l'ouverture du pavillon les brillants oiseaux et papillons qui traversaient et retraversaient le fleuve, je m'endormis, et je rêvais que j'étais un monarque entrant dans sa capitale sous des arches de drapeaux, et que tous les musiciens du monde étaient là, jouant mélodieusement de leurs instruments ; mais personne n'acclamait.

Dans l'après-midi, alors que le jour redevenait plus frais, je me réveillais et trouvais le capitaine en train de boucler son cimeterre, qu'il avait enlevé pendant qu'il se reposait.

Nous approchions maintenant de la large cour d'Astahahn, qui s'ouvre sur le fleuve. D'étranges bateaux de conception antique y étaient enchaînés aux marches. En nous en approchant, nous vîmes la cour de marbre ouverte, sur trois côtés de laquelle se trouvait la ville, avec des colonnades en façade. Dans la cour et le long des colonnades, les habitants de la ville marchaient avec solennité et soin, selon les rites de l'ancienne cérémonie. Tout dans cette ville était d'un antique appareil. Les sculptures des maisons, qui, après avoir été brisées par l'âge, n'avaient pas été réparées, dataient des temps les plus reculés, et partout étaient représentés en pierre des animaux qui ont depuis longtemps disparu de la terre : le dragon, le griffon, l'hippogriffon, et les différentes espèces de gargouilles. On ne trouvait rien de nouveau à Astahahn, que ce soit au niveau des matériaux ou des coutumes. Ils ne nous remarquèrent pas sur notre passage, et continuèrent leurs processions et leurs cérémonies dans l'ancienne ville, mais les marins, connaissant leur coutume, ne les remarquèrent pas. Et j'appelais, comme nous approchions, un homme qui se tenait au bord de l'eau, lui demandant ce que faisaient les hommes à Astahahn, quelles étaient leurs marchandises et avec qui ils commerçaient. Il répondit : «

Ici, nous avons entravé et menotté le Temps, qui autrement tuerait les dieux. »

Je lui demandais quels dieux ils adoraient, et il répondit : « Tous les dieux que le Temps n'a pas encore tués. » Puis il se détourna de moi et ne voulut plus rien dire, mais s'occupa de se comporter conformément aux anciennes coutumes. Ainsi, selon la volonté de Yann, nous avons dérivé et quitté Astahahn. Le fleuve s'élargit en aval d'Astahahn, et nous trouvâmes en plus grande quantité des oiseaux qui se nourrissent de poissons. Ils étaient très beaux dans leur plumage, et ils ne sortaient pas de la jungle, mais volaient, avec leur long cou tendu devant eux, et leurs pattes couchées sur le vent derrière, tout droit vers le haut de la rivière, au-dessus du milieu du courant.

Maintenant, le soir commençait à tomber. Un épais brouillard blanc apparut au-dessus de la rivière, et montait doucement. Il s'agrippait aux arbres avec de longs bras impalpables et montait de plus en plus haut, glaçant l'air. Des formes blanches s'éloignaient dans la jungle comme si les fantômes de marins naufragés cherchaient furtivement dans l'obscurité les esprits du mal qui, il y a longtemps, les avaient fait échouer sur le Yann.

Alors que le soleil s'enfonçait derrière le champ d'orchidées qui poussait au sommet de la jungle, les monstres de la rivière sortirent de la boue dans laquelle ils s'étaient couchés pendant la chaleur du jour, et les grandes bêtes de la jungle descendirent pour boire. Les papillons étaient partis se reposer depuis un moment. Dans les petits affluents étroits que nous avions traversés, la nuit semblait déjà être tombée, bien que le soleil, qui avait disparu, de nos yeux ne se soit pas encore couché.

Et maintenant les oiseaux de la jungle rentraient en volant loin au-dessus de nous, avec le soleil qui scintillait rose sur leur poitrine, et baissaient leurs pennes dès qu'ils voyaient le Yann, pour se laisser tomber dans les arbres. Et les canards siffleurs commencèrent à remonter la rivière en grandes compagnies, tous sifflant, puis ils firent soudain la roue et redescendirent tous. Et nous entendions les cris multiples des volées d'oies, dont les marins me dirent qu'elles venaient de traverser les chaînes de la Lispasie. Chaque année, elles venaient par le même chemin, près du pic de Mluna, le laissant sur la gauche, et les aigles de montagne connaissant leur chemin et - dirent les hommes - l'heure exacte, ils les attendent dès que les neiges tombent sur les plaines du Nord. Mais bientôt la nuit tomba si bien que nous n'entendîmes plus ces oiseaux, mais seulement le ronronnement de leurs ailes, et d'innombrables autres encore, jusqu'à ce qu'ils s'installent tous sur les rives de la rivière. C'était l'heure où les oiseaux de la nuit sortaient. Puis les marins allumèrent les lanternes, et d'énormes papillons apparurent, voletant autour du navire, où, par moments, leurs magnifiques couleurs étaient révélées par les lanternes, puis ils repassaient dans la nuit, où tout était noir. Et de nouveau les marins prièrent, puis nous soupâmes et dormirent, et le timonier prit soin de nos vies.

Quand je me réveillais, j'ai constatais que nous étions bien arrivés à Perdondaris, la fameuse ville, car elle se tenait là, à notre gauche ; une ville belle et remarquable, et d'autant plus agréable à voir pour nos yeux après la jungle qui nous avait si longtemps accompagnés. Nous étions ancrés près de la place du marché, et les marchandises du capitaine étaient toutes exposées. Un marchand de Perdondaris se tenait debout à les regarder. Le capitaine avait son cimeterre à la main et le frappait avec colère sur le pont d’où des éclats s'envolaient des planches blanches ; car le marchand lui avait offert un prix pour sa marchandise que le capitaine déclarait être une insulte à lui-même et aux dieux de son pays, qu'il disait maintenant être des dieux grands et terribles, dont les malédictions devaient être redoutées. Mais le marchand agita ses mains, montrant ainsi ses paumes roses, et jura qu’il devait penser aux pauvres gens dans les huttes au-delà de la ville, à qui il voulait vendre la marchandise pour un prix aussi bas que possible, ne laissant aucune rémunération pour lui-même. Car la marchandise était principalement constituée de tapis épais en toomarund qui, en hiver, empêchent le vent d'atteindre le sol, et de tollub que les gens fument dans des pipes. Le marchand dit donc que s'il offrait un piffek de plus, les pauvres gens devraient se passer de leurs toomarunds l'hiver venu, et de leur tollub le soir, ou bien lui et son vieux père devraient mourir de faim. Le capitaine leva alors son cimeterre sur sa propre gorge, disant qu'il était maintenant un homme ruiné et qu'il ne lui restait plus que la mort. Et tandis qu'il relevait soigneusement sa barbe de la main gauche, le marchand regarda de nouveau la marchandise et dit que plutôt que de voir mourir un si digne capitaine, un homme pour lequel il avait conçu un amour particulier lorsqu'il avait vu pour la première fois la manière dont il maniait son navire, lui et son vieux père devraient mourir de faim ensemble et il offrit donc quinze piffeks de plus.

En disant cela, le capitaine se prosterna et pria ses dieux pour qu'ils puissent encore adoucir le cœur amer de ce marchand – à ses petits dieux mineurs, aux dieux qui bénissent Belzoond.

Enfin, le marchand offrit encore cinq piffeks de plus. Le capitaine pleura, car il se disait abandonné de ses dieux, et le marchand pleura aussi, car il pensait à son vieux père et au fait qu'il allait bientôt mourir de faim, et il cacha son visage en pleurs avec ses deux mains, et regarda le tollub entre ses doigts. Le marché fut conclu et le marchand prit le toomarund et le tollub et les paya d'une grande bourse sonnante. Ils furent de nouveau emballés en ballots, et trois des esclaves du marchand les transportèrent sur leur tête jusqu'à la ville. Pendant tout ce temps, les marins étaient assis en silence, les jambes croisées en croissant sur le pont, observant avidement le marché. Un murmure de satisfaction s'éleva parmi eux, et ils commencèrent à le comparer entre eux avec d'autres marchés qu'ils avaient connus. Et j'appris d'eux qu'il y a sept marchands à Perdondaris, et qu'ils étaient tous venus voir le capitaine un par un avant le début du marchandage, et que chacun l'avait mis en garde en privé contre les autres. Et à tous les marchands, le capitaine avait offert le vin de son propre pays, qu'ils fabriquent dans le beau Belzoond, mais il n'avait pas pu les convaincre. Maintenant que le marché était terminé, et que les marins étaient assis pour le premier repas du jour, le capitaine apparut parmi eux avec un tonneau de ce vin, que nous dégustâmes avec soin et tous de se réjouir ensemble. Et le capitaine était heureux en son cœur, car il savait qu'il avait gagné de l'honneur aux yeux de ses hommes grâce au marché qu'il avait conclu. Les marins burent donc le vin de leur pays natal, et bientôt leurs pensées revinrent au beau

Belzoond et aux petites villes voisines de Durl et Duz.

Pour moi, le capitaine versa dans une petite jarre du vin jaune lourd provenant d'une petite jarre qu'il gardait à part parmi ses objets sacrés. Il était épais et doux, comme du miel, mais il y avait en son cœur un feu puissant et ardent qui avait autorité sur les âmes des hommes. Il était fabriqué, me dit le capitaine, avec une grande subtilité par l'art secret d'une famille de six personnes qui vivait dans une hutte sur les montagnes de Hian Min. Une fois dans ces montagnes, dit-il, il suivit la piste d'un ours, et tomba soudain sur un homme de cette famille qui chassait le même ours. Il était au bout d'un étroit chemin avec des précipices tout autour de lui, et sa lance était plantée dans l'ours. La blessure n'était pas mortelle, et il n'avait pas d'autre arme. L'ours s'avançait vers l'homme, très lentement parce que sa blessure l'irritait, mais il était maintenant tout près. Le capitaine ne voulut pas dire ce qu'il fit, mais chaque année, dès que les neiges sont dures et que les voyages sont faciles sur le Hian Min, cet homme descend au marché dans les plaines et laisse toujours au capitaine, à la porte du Belzoond, un récipient de ce vin secret inestimable.

Et tandis que je buvais le vin et que le capitaine parlait, je me rappelais de nobles choses que j'avais depuis longtemps résolument planifiées, et mon âme semblait devenir plus puissante en moi et dominer toute la marée du Yann. Il se peut que je me sois alors endormi. Ou, si je n'ai pas dormi, je ne me souviens pas maintenant de tous les détails des occupations de cette matinée. Vers le soir, je me réveillais et souhaitant voir Perdondaris avant notre départ le matin, et ne pouvant réveiller le capitaine, je descendis seul à terre. Perdondaris était certainement une ville puissante. Elle était entourée d'un mur d'une grande force et d'une grande hauteur, avec des chemins creux pour que les troupes puissent marcher, des créneaux tout le long et quinze tours solides à chaque mille. En bas des plaques de cuivre que les hommes pouvaient lire, racontaient dans toutes les langues de ces parties de la terre – une langue sur chaque plaque – l'histoire d'une armée qui un jour attaqua Perdondaris et ce qui arriva à cette armée. Puis j'entra dans Perdondaris et je trouvais tous les gens en train de danser, vêtus de soies brillantes, et jouant du tambang tout en dansant. Car un terrible orage les avait terrifiés pendant que je dormais, et les feux de la mort, disaient-ils, avaient dansé au-dessus de Perdondaris. Mais maintenant le tonnerre était parti en bondissant, grand, noir et hideux, disaient-ils, au-dessus des collines lointaines. Il s'en était retourné en grognant vers elles, en montrant ses dents étincelantes, et piétinant, sur son passage, les sommets des collines jusqu'à ce qu'ils sonnent comme s'ils avaient été en bronze. Et souvent, ils s'arrêtaient dans leurs danses joyeuses et priaient le Dieu qu'ils ne connaissaient pas, en disant : « Ô Dieu que nous ne connaissons pas, nous Te remercions d'avoir renvoyé le tonnerre dans ses collines ». Je poursuivis ma route et arrivais sur la place du marché, et, étendu sur le pavé de marbre, je vis le marchand endormi et respirant lourdement, le visage et les paumes de ses mains tournés vers le ciel, et des esclaves l'éventaient pour éloigner les mouches. De la place du marché, j'arrivais à un temple d'argent, puis à un palais d'onyx. Perdondaris recelait de nombreuses merveilles, et je serais bien resté pour les voir toutes, mais en arrivant au mur extérieur de la ville, j'aperçus soudain une énorme porte d'ivoire. Je m'arrêtais un moment pour l'admirer, puis je m'approchais et perçus l'incroyable vérité. La porte était taillée d'une seule pièce !

Je m'enfuis aussitôt par la porte et descendis au navire, et même en courant, je crus entendre au loin, sur les collines derrière moi, le pas de la bête effrayante qui s'était débarrassée de cette masse d'ivoire et qui était peut-être en train de chercher son autre défense. Quand je fus de nouveau sur le bateau, je me sentis plus en sécurité et je ne dis rien aux marins de ce que j'avais vu.

Maintenant, le capitaine se réveillait peu à peu. La nuit montait de l'Est et du Nord, et seuls les pinacles des tours de Perdondaris prenaient encore la lumière du soleil couchant. Je me rendis alors auprès du capitaine et lui racontais tranquillement ce que j'avais vu. Il m'interrogea aussitôt sur la porte, à voix basse, pour que les marins ne le sachent pas. Je lui dis que le poids de la chose était tel qu'elle ne pouvait pas avoir été amenée de loin, et le capitaine savait qu'elle n'était pas là depuis un an. Nous étions d'accord qu'une telle bête n'aurait jamais pu être tuée par un assaut de l'homme, et que la porte devait être une défense tombée d'une tombe proche et récente. Il décida donc qu'il valait mieux s'enfuir sur-le-champ. Ainsi ordonna-t-il, les marins s'occupèrent des voiles, d'autres levèrent l'ancre sur le pont, et au moment où le plus haut pinacle de marbre perdait les derniers rayons du soleil, nous quittâmes Perdondaris, la fameuse cité. Et la nuit tomba, recouvrant Perdondaris et la cachant à nos yeux, qui, comme les choses se sont passées, ne la reverraient jamais. Car j'ai entendu dire depuis que quelque chose de rapide et de merveilleux avait détruit Perdondaris en un jour – tours, murs et gens.

Et la nuit s'approfondit sur le fleuve Yann, une nuit toute blanche d'étoiles. Et avec la nuit s'éleva le chant du timonier. Dès qu'il eut prié, il se mit à chanter pour se réconforter tout au long de cette nuit solitaire. Mais d'abord il pria, il dit la prière du timonier. Et voici ce dont je me souviens, traduit en anglais avec un très faible équivalent du rythme qui semblait si résonnant dans ces nuits tropicales.

« À tout dieu qui entend.

Partout où il y a des marins, que ce soit sur le fleuve ou sur la mer, que leur chemin soit sombre ou qu'ils traversent une tempête, que leur péril soit celui des bêtes ou des rochers, ou celui des ennemis qui rôdent sur la terre ou qui les poursuivent sur la mer, partout où la barre est froide ou le timonier raide, partout où les marins dorment ou les timoniers veillent, gardez, guidez et ramenez-nous à la vieille terre qui nous a connus, aux foyers lointains que nous connaissons.

Vers tous les dieux qui sont.
À tous les dieux qui entendent. »

Il pria donc, et le silence se fit. Et les marins s'allongèrent pour se reposer pour la nuit. Le silence s’approfondit et ne fut rompu que par les rides du Yann qui touchaient légèrement notre proue. Parfois, quelques monstres du fleuve toussaient.

Silence et ondulations, ondulations et silence encore.

Puis la solitude s'empara du timonier et il se mit à chanter. Il chanta les chansons des marchés de Durl et de Duz, et les vieilles légendes de dragon de Belzoond.

Il chanta beaucoup, racontant au Yann, spacieux et exotique, les petites histoires et les futilités de sa ville de Durl. Ses chansons s'élevèrent au-dessus de la jungle noire et arrivèrent dans l'air clair et froid. Et les grandes bandes d'étoiles qui regardaient le Yann commencèrent à connaître les contes de Durl et de Duz, de ses bergers qui habitaient dans les champs entre les deux, de leurs troupeaux, de leurs amours, et de toutes les petites choses qu'ils avaient espérées faire. Et alors que j'étais allongé, emmitouflé dans des peaux et des couvertures, écoutant ces chants et regardant les formes fantastiques des grands arbres, comme des géants noirs, qui marchaient dans la nuit, je m'endormis soudain.

Quand je me réveillais, de grandes brumes s'échappaient du Yann. Le flot de la rivière s'écoulait tumultueusement, et de petites vagues apparaissaient ; car le Yann avait senti de loin les anciens rochers de Glorm, et savait que leurs ravins s'étendraient droit devant lui, où il rencontrerait le joyeux Irillion sauvage se réjouissant des champs de neige. Il se secoua donc de la torpeur qui l'avait envahie dans la jungle chaude et parfumée, oublia ses orchidées et ses papillons, et avança turbulent, plein d'espoir et de force. Bientôt les pics enneigés des collines de Glorm apparurent étincelants. Les marins se réveillèrent alors et nous mangeâmes ensemble. Puis le timonier se coucha tandis qu'un camarade prenait sa place, et tous étendirent sur lui leurs plus belles fourrures.

Au bout d'un moment, nous entendîmes le bruit que faisait l'Irillion lorsqu'elle descendait en dansant des champs de neige.

Puis nous vîmes le ravin des Collines de Glorm s'étendre devant nous, abrupte et lisse, dans lequel nous fûmes entraînés par les sursauts du Yann. Maintenant, nous quittions la jungle humide pour respirer l'air de la montagne. Les marins se levèrent, respirèrent profondément, et pensèrent à leurs propres collines lointaines d'Acroctian sur lesquelles se trouvaient Durl et Duz – où en dessous d'elles dans les plaines se trouvait la belle Belzoond.

Une grande ombre planait entre les falaises de Glorm, mais les rochers brillaient au-dessus de nous comme des lunes noueuses, et illuminaient presque les ténèbres. Le chant de l'Irillion s'élevait de plus en plus fort, et le son de sa danse descendait des champs de neige. Bientôt nous la vîmes blanche et pleine de brumes, et entourée de petits arcs-en-ciel délicats qu'elle avait cueillis près du sommet de la montagne dans quelque jardin céleste du Soleil. Puis elle s'éloigna vers le large avec l'énorme Yann gris, et le ravin s'élargit, s'ouvrit sur le monde, et notre navire à bascule passa à la lumière du jour.

Toute cette matinée et tout l'après-midi, nous traversâmes les marais de Pondoovery ; le Yann s'y élargissait, et coulait solennellement et lentement, et le capitaine demanda aux matelots de battre des cloches pour vaincre la grisaille des marais.

Enfin, les montagnes irusiennes furent en vue, protégeant les villages de Pen-Kai et de Blut, et les rues errantes de Mlo, où les prêtres encouragent l'avalanche avec du vin et du maïs. Puis la nuit descendit sur les plaines de Tlun, et nous vîmes les lumières de Cappadarnia. Nous entendîmes les Pathnites battre le tambour en passant devant Imaut et Golzunda, puis tous s'endormirent sauf le timonier. Les villages éparpillés le long des rives du Yann entendirent toute cette nuit, dans la langue inconnue du timonier, les petites chansons de villes qu'ils ne connaissaient pas.

Je me réveillais avant l'aube avec le sentiment d'être malheureux avant de me rappeler pourquoi. Puis je me souvins qu'au soir du jour qui approchait, selon toutes probabilités, nous devions arriver à Bar-Wul-Yann, et que je devais me séparer du capitaine et de ses marins. J'avais aimé l'homme parce qu'il m'avait donné de son vin jaune qui était parmi ses choses sacrées, et les nombreuses histoires qu'il m'avait racontées sur son beau Belzoond entre les collines d'Acroctian et le Hian Min. J'avais aimé les manières de ses marins, et les prières qu'ils faisaient le soir, côte à côte, ne se privant pas de leurs dieux étrangers. Javais aimé aussi la manière tendre avec laquelle ils parlaient souvent de Durl et Duz, car il est bon que les hommes aiment leurs villes natales et les petites collines qui soutiennent ces villes.

J'en étais venu à savoir qu’ils rencontrerait quand ils rentreraient chez eux, et où ils pensaient que les réunions auraient lieu, les uns dans une vallée des collines acroctiennes où la route monte du Yann, les autres aux portes de l'une ou l'autre des trois villes, et d'autres au coin de l’âtre à la maison. Et je pensais au danger qui nous avait menacés tous de la même façon hors de Perdondaris, un danger qui, comme les choses arrivées, était bien réel.

Je pensais aussi à la chanson joyeuse du timonier dans la nuit froide et solitaire, et à la façon dont il avait tenu nos vies entre ses mains prudentes. Comme je pensais à cela, le timonier cessa de chanter, et je levais les yeux et vis qu'une pâle lumière était apparue dans le ciel, et que la nuit solitaire était passée. L'aube s’agrandit, et les marins se réveillèrent.

Bientôt nous vîmes la marée de la Mer s'avancer résolument entre les frontières du Yann. Celui-ci s'élança avec élan sur elle et ils luttèrent un moment. Puis le Yann et tout ce qui était à lui furent repoussés vers le nord, de sorte que les marins durent hisser les voiles et, le vent étant favorable, nous continuâmes à avancer.

Nous passâmes alors Gondara et Narl et Haz, et nous vîmes le mémorable, le saint Golnuz, et entendîmes les pèlerins prier.

Quand nous nous réveillâmes après le repos de midi, nous approchions de Nen, la dernière des villes sur la rivière Yann. La jungle nous entourait à nouveau, ainsi que Nen, mais les grandes chaînes de montagnes mongoles se dressaient au-dessus de tout, et surveillaient la ville depuis l'au-delà de la jungle.

Nous jetâmes l'ancre ici, et le capitaine et moi montèrent dans la ville et découvrîmes que les Vagabonds y étaient venus.

Les Vagabonds étaient une tribu étrange et sombre qui, une fois tous les sept ans, descendait des sommets de Mloon, après avoir traversé un col connu d'une terre fantastique située au-delà. Les habitants de Nen étaient tous à l'extérieur de leurs maisons, et s'en étonnaient. Car les hommes et les femmes Vagabonds s'étaient massés dans les rues et chacun faisait des choses étranges. Certains dansaient des danses stupéfiantes qu'ils avaient apprises du vent du désert, s'enroulant et tourbillonnant rapidement jusqu'à ce que l'œil ne puisse plus les suivre. D'autres jouaient sur des instruments de magnifiques airs de gémissements pleins d'horreur, que des âmes leur avaient appris, perdues dans la nuit du désert, cet étrange désert lointain d'où venaient les Vagabonds.

Aucun de leurs instruments n'était connu à Nen ni dans aucune partie de la région du Yann ; même les cornes dont certains étaient faits étaient celles de bêtes que personne n'avait vues le long du fleuve, car elles étaient hérissées à leur extrémité. Ils chantaient, dans la langue de personne, des chansons qui semblaient s'apparenter aux mystères de la nuit et à la peur irraisonnée qui hante les lieux sombres.

Tous les chiens de Nen se méfiaient d'eux. Les Vagabonds se racontaient des histoires effrayantes, car bien que personne à Nen ne connaisse leur langue, ils pouvaient voir la peur sur les visages de leurs auditeurs, et au fur et à mesure que l'histoire avançait, le blanc de leurs yeux apparaissait comme les yeux d'une petite bête que le faucon a saisie. Puis le conteur souriait et s'arrêtait, et un autre racontait son histoire, et les lèvres du conteur de la première histoire s'agitaient de peur. Si un serpent mortel apparaissait par hasard, les Vagabonds le saluaient comme un frère, et le serpent semblait leur adresser ses salutations avant de repartir. Une fois, le plus féroce et le plus mortel des serpents tropicaux, le lythra géant, sortit de la jungle et descendit toute la rue, la rue centrale de Nen, et aucun des Vagabonds ne s'éloigna de lui. Au contraire ils jouaient tous des tambours de façon sonore, comme s'il avait été une personne de grand honneur ; et le serpent se déplaça au milieu d'eux et ne mordit personne.

Même les enfants des Vagabonds pouvaient faire des choses étranges, car si l'un d'eux rencontrait un enfant de Nen, les deux se regardaient en silence avec de grands yeux graves. Puis l'enfant des Vagabonds tirait lentement de son turban un poisson ou un serpent vivant. Et les enfants de Nen ne pouvaient rien faire de tel.

J'aurais tant voulu rester et entendre l'hymne avec lequel ils saluent la nuit et auquel répondent les loups sur les hauteurs de Mloon, mais il était temps de lever l'ancre pour que le capitaine puisse revenir de Bar-Wul-Yann avec la nouvelle marée. Nous montâmes donc à bord et continuâmes à descendre le Yann. Le capitaine et moi parlions peu, car nous pensions à notre séparation, qui devait être longue, et nous regardions plutôt la splendeur du soleil d'ouest. Car le soleil était d'un or rougeoyant. Cependant un léger brouillard enveloppait la jungle. Dans ce brouillard se déversait les fumées des petites villes de la jungle, qui se réunissaient pour former une brume, qui devenue violette, était éclairée par le soleil, comme les pensées des hommes sont sanctifiées par quelque chose de grand et de sacré. Parfois, la colonne d'une maison isolée s'élevait plus haut que la fumée des villes et brillait d'elle-même au soleil.

Maintenant que les derniers rayons du soleil étaient presque à niveau, nous vîmes le spectacle que j'étais venu voir. Deux montagnes se dressaient sur les deux rives, deux falaises de marbre rose s'avançaient dans le fleuve, toutes brillantes dans la lumière du soleil rasant. Elles étaient tout à fait lisses et d'une hauteur montagneuse, et elles se rencontraient presque. Le Yann passa très agité entre elles et trouva la mer.

C'était Bar-Wul-Yann, la Porte du Yann, et au loin, par l'interstice de cette barrière, je vis la mer d'un azur indescriptible, où passaient, étincelants, de petits bateaux de pêche.

Le soleil se couchait, le crépuscule s'installait, l'exaltation de la gloire de Bar-Wul-Yann disparaissait, mais les falaises roses brillaient toujours, la plus belle merveille que l'œil ait pu voir, et cela dans un pays de merveilles. Bientôt le crépuscule fit place à l'apparition des étoiles et les couleurs de Bar-Wul-Yann s'estompèrent. La vue de ces falaises était pour moi comme un accord de musique que la main d'un maître avait lancé du violon, et qui transporte au Ciel ou à la Féerie les esprits tremblants des hommes. Près du rivage, ils jetèrent l'ancre et n'allèrent pas plus loin, car ils étaient des marins du fleuve et non de la mer, et connaissaient le Yann, mais pas les marées au-delà.

Vint le temps où le capitaine et moi dûmes nous séparer, lui pour retourner à son beau Belzoond en vue des sommets lointains du Hian Min, et moi pour trouver mon chemin par des moyens étranges vers ces champs brumeux que tous les poètes connaissent. Ces champs où se trouvent de petites chaumières mystérieuses par les fenêtres desquelles, en regardant vers l'ouest, vous pouvez voir les champs des hommes, et en regardant vers l'est, vous pouvez voir des montagnes elfiques scintillantes, couvertes de neige, allant de chaîne en chaîne dans la région du Mythe, et au-delà dans le royaume de la Fantaisie, qui appartient aux Terres du Rêve. Nous nous regardâmes longtemps, sachant que nous ne devions plus nous rencontrer, car ma fantaisie s'affaiblit avec les années, et je vais de plus en plus rarement dans les Terres du Rêve. Puis nous nous serrâmes les mains, de façon peu élégante de sa part, car ce n'est pas la méthode de salutation dans son pays, et il recommanda mon âme aux soins de ses propres dieux, de ses petits dieux inférieurs, les humbles, aux dieux qui bénissent Belzoond.

L'épée et l'idole

C'était une froide soirée d'hiver, à la fin de l'âge de pierre ; le soleil s'était couché en flamboyant sur les plaines de Thold. Il n'y avait pas de nuages, seulement le froid du ciel bleu et l'imminence des étoiles, et la surface de la Terre endormie commençait à se durcir contre le froid de la nuit. Bientôt, de leurs repaires surgirent, se secouèrent et sortirent furtivement, ces enfants de la Terre à qui il est de règle de rôder dès que le crépuscule tombe. Ils allaient en trottinant doucement, et leurs yeux brillaient dans l'obscurité, se croisaient et se recroisaient dans leurs courses. Soudain, au milieu de la plaine, se manifesta ce redoutable présage de la présence de l'Homme : un petit feu vacillant. Les enfants de la Terre qui rôdent la nuit le regardèrent de travers et s'éloignèrent en grognant ; tous, sauf les loups, qui s'approchèrent un peu plus. Car c'était l'hiver et les loups avaient faim. Et ils étaient venus par milliers des montagnes, et ils disaient dans leur cœur : « Nous sommes forts ». Autour du feu, une petite tribu campait. Elle aussi était venue des montagnes et de terres plus lointaines, mais c'était dans les montagnes que les loups les avaient d'abord surpris. Ils avaient commencé par ramasser les os que la tribu avait laissés, mais maintenant ils étaient plus proches, et de tous côtés. C'est Loz qui avait allumé le feu. Il avait tué une petite bête à fourrure, en lui lançant sa hache de pierre, et avait rassemblé une quantité de pierres brun rougeâtre, les avait disposées en une longue rangée, et avait placé des morceaux de la petite bête tout le long. Puis il avait allumé un feu de chaque côté, et les pierres s'étaient réchauffées, et la viande commençait à cuire. Ce fut à ce moment que la tribu remarqua que les loups qui les avaient suivis jusqu'ici ne se contentaient plus des débris des campements abandonnés. Une ligne d'yeux jaunes les entourait, et quand elle bougeait, c'était pour se rapprocher. Les hommes de la tribu se hâtèrent donc d’arracher des broussailles et d'abattre un petit arbre avec leurs haches de silex, et ils entassèrent le tout sur le feu que Loz avait fait, et pendant un certain temps, le grand tas cacha la flamme, et les loups vinrent en trottinant et s'assirent de nouveau sur leurs hanches beaucoup plus près qu'auparavant. Les chiens féroces et vaillants qui appartenaient à la tribu crurent que leur fin était venue en combattant, comme ils l'avaient depuis longtemps prophétisé. Alors la flamme s'empara de la haute pile de broussailles, s'en élança, courut le long de son flanc, et se dressa haut et loin au-dessus du sommet, et les loups, voyant ce terrible allié de l'Homme se délecter là dans sa force, et ne sachant rien de cette fréquente trahison envers ses maîtres, s'en allèrent lentement comme s'ils avaient d'autres desseins. Pendant tout le reste de la nuit, les chiens du campement crièrent vers eux et les supplièrent de revenir. Mais la tribu se coucha tout autour du feu sous d'épaisses fourrures et dormit. Un grand vent se leva et souffla dans le cœur rugissant du feu jusqu'à ce qu'il ne soit plus rouge, mais tout pâle de chaleur. Avec l'aube, la tribu se réveilla.

Loz aurait dû savoir qu'après une telle flambée, il ne pouvait rien rester de sa petite bête à fourrure, et peu de raison de chercher parmi les cendres. Ce qu'il y trouva pourtant le stupéfia au-delà de toute mesure. Il n'y avait pas de viande, il n'y avait même pas sa rangée de pierres brun rougeâtre, mais quelque chose de plus long qu'une jambe d'homme et plus étroit qu'une main, était couché là comme un grand serpent aplati.

Quand Loz regarda ses fines arêtes et vit qu'elle se terminait en pointe, il ramassa des pierres pour l'ébrécher et la rendre tranchante. C'était l'instinct de Loz d'aiguiser les choses. Quand il s'aperçut qu'il ne pouvait pas l'ébrécher, son étonnement augmenta. Il fallut de nombreuses heures avant qu'il ne découvre qu'il pouvait aiguiser les bords qu'en les frottant avec une pierre. Enfin la pointe fut aiguisée, et d'un seul côté, sauf près de l'extrémité, où Loz la tenait dans sa main. Il la souleva et la brandit. L'âge de pierre était terminé. Cet après-midi-là, dans le petit campement, alors que la tribu avançait, l'âge de pierre s'éteignait, qui, pendant peut-être trente ou quarante mille ans, avait lentement élevé l'homme parmi les bêtes qui lui avaient abandonné une suprématie sans espoir de reconquête.

Ce n'est pas avant de nombreux jours qu'un autre homme essaya de se fabriquer une épée de fer en cuisinant le même genre de petite bête à fourrure que Loz avait essayé de cuisiner. Pendant de nombreuses années, personne ne pensa à déposer la viande sur des pierres comme Loz l'avait fait. Et quand ils le firent, n'étant plus dans les plaines de Thold, ils utilisèrent des silex ou de la craie.

Il fallut attendre de nombreuses générations pour qu'un autre morceau de minerai de fer soit fondu et que le secret soit lentement deviné. Néanmoins, un des nombreux voiles de la Terre fut déchiré par Loz pour nous donner finalement l'épée en acier et la charrue, les machines et les usines. Ne blâmons pas Loz si nous pensons qu'il a mal agi, car il a tout fait dans l'ignorance. La tribu avança jusqu'à ce qu'elle arrive à de l'eau, et là, elle s'installa sur une colline, et ils y construisirent leurs huttes. Très vite, ils durent se battre avec une autre tribu, une tribu qui était plus forte qu'eux ; mais l'épée de Loz était terrible et sa tribu tua ses ennemis. On pouvait porter un coup à Loz, mais un coup de cette épée de fer venait ensuite, et il n'y avait aucun moyen d'y survivre. Personne ne pouvait se battre avec Loz. Il devint le chef de la tribu à la place d'Iz, qui l'avait jusqu'alors dirigée avec sa hache tranchante, comme son père l'avait fait avant lui.

Loz engendra Lo, et dans sa vieillesse, il lui donna son épée, et Lo dirigea la tribu avec elle. Lo donna à l'épée le nom de Mort, car elle était si rapide et si terrible.

Iz engendra Ird, qui était sans importance. Et Ird détestait Lo parce qu'il était sans valeur sans l'épée de fer de Lo.

Une nuit, Ird se glissa très doucement dans la cabane de Lo, portant sa hache tranchante, mais le chien de Lo, Warner, l'entendit venir, et grogna doucement à la porte de son maître. Quand Ird arriva à la cabane, il entendit Lo parler doucement à son épée. Il disait :

— Reste tranquille, Mort. Repose-toi, repose-toi, vieille épée.

Et puis :

— Quoi encore, Mort ? Reste tranquille. Reste tranquille.

Et puis encore :

— Quoi, tu as faim, Mort ? Ou soif ? Pauvre vieille épée. Bientôt, Mort, bientôt. Sois tranquille, juste un peu.

Ird s'enfuit, car il n'aimait pas le ton doux de Lo lorsqu'il parlait à son épée.

Lo engendra Lod. Et quand Lo mourut, Lod prit l'épée de fer et gouverna la tribu.

Et Ird engendra Ith, qui était sans importance, comme son père.

Et, lorsque Lod frappait un homme ou tuait une bête terrible, Ith s'éloignait un moment dans la forêt plutôt que d'entendre les louanges qui étaient faites à Lod.

Une fois, alors qu'Ith était assis dans la forêt en attendant que le jour passe, il crut soudain voir un tronc d'arbre qui le regardait comme s'il avait un visage. Ith eut peur, car les arbres ne devraient pas regarder les hommes. Mais bientôt Ith vit que ce n'était qu'un arbre et non un homme, bien qu'il ressemblât à un homme. Ith avait l'habitude de parler à cet arbre et de lui parler de Lod, car il n'osait parler de lui à personne d'autre. Il trouvait ainsi du réconfort en parlant de Lod.

Un jour, Ith alla dans la forêt avec sa hache de pierre et y resta plusieurs jours.

Il revint de nuit, et le lendemain matin, lorsque la tribu se réveilla, elle vit quelque chose qui ressemblait à un homme sans en être un. Il était assis sur la colline, les coudes pointant vers l'extérieur, et restait immobile. Ith était accroupi devant lui et plaçait à la hâte des fruits et de la viande, puis il s'en éloignait d'un bond et semblait effrayé. Toute la tribu sortit pour voir, mais n'osa pas s'approcher de la peur qu'ils voyaient sur le visage d'Ith. Ith alla dans sa hutte et revint avec une fléchette de lance et de précieux petits couteaux de pierre, qu'il tendit et posa devant la chose qui ressemblait à un homme, puis s'en éloigna.

Certains membres de la tribu interrogèrent Ith sur la chose immobile qui ressemblait à un homme, et celui-ci répondit :

— C'est Ged.

— Qui est Ged ? demandèrent-ils alors.

— Ged envoie les récoltes et la pluie ; le soleil et la lune appartiennent à Ged, répondit Ith.

Puis la tribu retourna dans ses huttes, mais plus tard dans la journée, certains revinrent et dirent à Ith :

— Ged est comme nous, il a des mains et des pieds.

Et Ith montra la main droite de Ged, qui n'était pas comme la gauche, mais avait la forme d'une patte de bête, et Ith dit :

— Par ceci vous pouvez savoir qu'il n'est pas comme un homme.

— C'est vraiment Ged, dirent-ils alors.

— Il ne parle pas, et ne mange pas, dit Lod

— Le tonnerre est sa voix et la famine est son repas, répondit Ith.

Après cela, la tribu copia Ith, et apporta de petits cadeaux de viande à Ged ; et Ith les cuisait devant lui pour que Ged puisse sentir la cuisson.

Un jour, un grand orage vint du lointain et se déchaîna sur les collines, et la tribu se cacha dans les huttes. Ith apparut dans les huttes, l'air serein. Il ne dit pas grand-chose, mais la tribu pensa qu'il s'attendait à ce terrible orage parce que la viande qu'ils avaient déposée devant Ged était une viande dure, et non les meilleurs morceaux des bêtes qu'ils avaient tuées.

Et Ged devint plus honorable que Lod au sein de la tribu. Et Lod en fut vexé.

Une nuit, Lod se leva quand tout le monde dormait, fit taire son chien, prit son épée de fer et s'en alla sur la colline. Il tomba sur Ged à la lumière des étoiles, assis, immobile, les coudes pointant vers l'extérieur, avec sa patte de bête, et la marque du feu sur le sol où sa nourriture avait été cuite.

Lod resta là un moment, dans une grande crainte, essayant de rester fidèle à son objectif. Soudain, il s'approcha de Ged et leva son épée de fer, et Ged ne frappa ni ne recula. Alors la pensée vint à l'esprit de Lod, « Ged ne frappe pas. Que fera Ged à la place ? »

Lod abaissa son épée et ne frappa pas, et son imagination commença à travailler sur ce « Que fera Ged à la place ? »

Plus Lod réfléchissait, plus sa peur de Ged était grande.

Et Lod s'enfuit.

Lod dirigeait toujours la tribu lors des batailles ou des chasses, mais les principaux butins des batailles étaient donnés à Ged, et les bêtes qu'ils tuaient appartenaient à Ged ; et toutes les questions qui concernaient la guerre ou la paix, les questions de droit et les litiges, lui étaient toujours soumises, et Ith donnait les réponses après avoir parlé à Ged la nuit.

Enfin, Ith déclara, le lendemain d'une éclipse, que les cadeaux qu'ils apportaient à Ged n'étaient pas suffisants, qu'un sacrifice bien plus grand était nécessaire, que Ged était déjà très en colère et ne pouvait être apaisé par un sacrifice ordinaire.

Ith dit que pour sauver la tribu de la colère de Ged, il parlerait à Ged cette nuit-là, et lui demanderait de quel nouveau sacrifice il avait besoin.

Au fond de son cœur, Lod frissonna, car son instinct lui disait que Ged voulait le fils unique de Lod, qui devrait tenir l'épée de fer quand Lod serait parti.

Personne n'oserait toucher Lod à cause de l'épée de fer, mais son instinct répétait dans son esprit lent, encore et encore, « Ged aime Ith. Ith l'a dit. Ith déteste les détenteurs d'épée ».

« Ith déteste les porteurs d'épée. Ged aime Ith. »

Le soir tomba et la nuit arriva où Ith devrait parler avec Ged, et Lod devint de plus en plus sûr du sort de sa race.

Il se coucha mais ne put dormir.

Minuit venait à peine d'arriver que Lod se leva et se rendit à nouveau sur la colline avec son épée de fer.

Ged était assis là. Ith était-il déjà venu le voir ? Ith que Ged aimait et qui détestait les porteurs d'épée.

Lod regarda longtemps la vieille épée de fer qui était venue à son grand-père dans les plaines de Thold.

Adieu, vieille épée ! Lod la posa sur les genoux de Ged, puis s'en alla.

Quand Ith revint, un peu avant l'aube, le sacrifice fut jugé acceptable par Ged.

La ville oisive

Il y avait une fois une ville qui était une ville oisive, où l'on racontait de vaines histoires.

Cette ville avait pour coutume de taxer tous les hommes qui voulaient entrer, en payant à sa porte le droit de quelque histoire idiote.

Tous les hommes payaient donc aux gardiens de la porte le prix d'une histoire idiote, et entraient dans la ville sans encombre ni dommage. À une certaine heure de la nuit, lorsque le roi de la ville se levait, qu'il parcourait rapidement la chambre où il dormait et qu'il invoquait le nom de la reine morte, les gardiens refermaient la porte, entraient dans la chambre du roi et, assis par terre, lui racontaient toutes les histoires qu'ils avaient recueillies. En les écoutant, une humeur plus calme s'emparait du roi, et en écoutant encore, il se recouchait et finalement s'endormait, et tous les veilleurs se levaient silencieusement et disparaissaient de la chambre.

Il y a quelque temps, en errant, je suis arrivé à la porte de cette ville. Comme j'arrivais, un homme se leva pour payer son droit de passage aux veilleurs. Ils étaient assis les jambes croisées sur le sol entre lui et la porte, et chacun tenait une lance. Près de lui, deux autres voyageurs étaient assis sur le sable chaud et attendaient. Et l'homme dit :

— De nos jours, les habitants de la ville de Nombros ont abandonné le culte des dieux et se sont tournés vers Dieu. Alors les anciens dieux leur ont jeté leurs manteaux au visage et se sont éloignés de la ville. En s'enfonçant dans la brume entre les collines, ils sont passés à travers les troncs des oliviers jusqu'au soleil couchant. Mais lorsqu'ils ont quitté la Terre, ils se sont retournés et ont regardé une dernière fois leur ville à travers les plis étincelants du crépuscule. Ils l'ont regardée moitié avec colère, moitié avec regret, puis se sont retournés et s'en sont allés pour toujours. Mais ils ont envoyé la Mort, qui portait une faux, en lui disant :

— Tue la moitié de la ville qui nous a abandonnés, mais épargnez l'autre moitié, afin qu'elle se souvienne encore de ses anciens dieux abandonnés.

« Mais Dieu envoya un ange destructeur pour montrer qu'il était Dieu, en lui disant :

— Va dans cette ville et tue la moitié de ses habitants, mais épargne-en une moitié, afin qu'ils sachent que je suis Dieu.

« Aussitôt l'ange destructeur porta la main à son épée, et l'épée sortit du fourreau avec un souffle profond, semblable à celui que prend un large bûcheron avant de porter son premier coup à quelque chêne géant. L'ange pointa alors ses bras vers le bas, et, pliant sa tête entre eux, tomba en avant du bord du ciel, et l'élan de ses chevilles le projeta, ses ailes repliées derrière lui. Il s'avança en oblique vers la terre à travers le soir, son épée tendue devant lui. Elle était comme un javelot qu'un chasseur aurait lancé et qui revient à la terre. Mais juste avant de la toucher, il leva la tête, déploya ses ailes dont les plumes inférieures étaient pointées vers l'avant, et se posa sur la rive du large Flavro qui divise la ville de Nombros. Sur la rive du Flavro, il vola bas, comme un faucon au-dessus d'un champ de maïs fraîchement coupé, lorsque les petites créatures du maïs sont sans abri, et au même moment, sur l'autre rive, la Mort des dieux allait faucher.

« Les flammes dans les yeux de l'ange illuminaient d'une lueur rouge la brume qui se trouvait dans le creux des orbites de la Mort. Soudain, ils tombèrent l'un sur l'autre, l'épée contre la faux. Et l'ange s'empara des temples des dieux, et y installa le signe de Dieu, et la Mort s'empara des temples de Dieu, et y introduisit les cérémonies et les sacrifices des dieux. Et pendant ce temps, les siècles glissaient tranquillement, descendant le Flavro vers la mer.

« Et maintenant, certains adorent Dieu dans le temple des dieux, et d'autres adorent les dieux dans le temple de Dieu, et l'ange n'est toujours pas revenu vers les chœurs joyeux, et la Mort n'est toujours pas retournée mourir avec les dieux morts. Mais dans tout Nombros, on se bat de haut en bas, et de chaque côté du Flavro, la ville vit. »

Les gardiens de la porte dirent : « Entrez ».

Alors un autre voyageur se leva, et dit:

— Solennellement, entre Huhenwazy et Nitcrana, les énormes nuages gris vinrent flotter. Le Huhenwazi céleste et Nitcrana, le roi des sommets, les saluèrent, les appelant frères. Les nuages furent heureux de leur salutation, car ils rencontraient rarement des compagnons dans les hauteurs solitaires du ciel.

« Mais les vapeurs du soir dirent à la brume terrestre :

— Quelles sont ces formes qui osent se déplacer au-dessus de nous et aller là où se trouvent Nitcrana et Huhenwazi ?

« La brume terrestre répondit aux vapeurs du soir :

— Ce n'est qu'une brume terrestre qui est devenue folle et qui a quitté la terre chaude et confortable, et qui, dans sa folie, a pensé que sa place est avec Huhenwazi et Nitcrana.

— Autrefois, dirent les vapeurs du soir, il y avait des nuages, mais c'était il y a bien longtemps, comme l'ont dit nos ancêtres. Peut-être que le fou pense qu'il est les nuages.

« Alors les vers de terre, venus des profondeurs chaudes de la boue, prirent la parole et dirent :

— Ô brume de terre, tu es vraiment les nuages, et il n'y a pas d'autres nuages que toi. Quant au Huhenwazi et au Nitcrana, nous ne les voyons pas, et c'est pourquoi ils ne sont pas élevés, et il n'y a pas d'autres montagnes dans le monde que celles que nous élevons chaque matin des profondeurs de la boue.

« La brume terrestre et les vapeurs du soir se réjouirent à la voix des vers de terre, et regardant vers la terre crurent ce qu'ils avaient dit.

« En effet, il vaut mieux être comme la brume terrestre, et rester près de la boue chaude la nuit, écouter le discours confortable du ver de terre, et ne pas être un vagabond dans les hauteurs sans joie, mais laisser les montagnes seules avec leur neige désolée, pour tirer le réconfort qu'elles peuvent de leur vaste aspect sur toutes les villes des hommes, et des murmures qu'ils entendent le soir de lointains dieux inconnus. »

Les gardiens de la porte dirent : « Entrez ».

Alors se leva un homme venu de l'ouest, qui raconta un conte de l'ouest. Il dit :

— Il y a à Rome une route qui traverse un temple antique que les dieux avaient aimé autrefois. Elle longe le sommet d'un grand mur, et le sol du temple se trouve loin en dessous, en marbre, rose et blanc.

« Sur le sol du temple, j'ai compté jusqu'à treize chats affamés.

« Parfois, disaient-ils entre eux, ce sont les dieux qui vivaient ici, parfois ce sont les hommes, et maintenant ce sont les chats. Alors profitons du soleil sur le marbre chaud avant qu'un autre peuple ne vienne.

« Car c'était à cette heure d'un chaud après-midi où ma fantaisie est capable d'entendre des voix silencieuses.

« Et l'affreuse maigreur de tous ces treize chats me poussa à entrer dans une poissonnerie voisine, et là à acheter une quantité de poissons. Puis je revins et je les jetais tous par-dessus la balustrade au sommet du grand mur. Ils tombèrent de trente pieds, et frappèrent le marbre sacré comme une claque.

« Or, dans toute autre ville que Rome, ou dans l'esprit de tout autre chat, la vue de poissons tombant du ciel aurait sûrement excité l'émerveillement. Mais ils se levèrent lentement, et tous s'étirèrent, puis ils s'approchèrent tranquillement des poissons. « Ce n'est qu'un miracle, disaient-ils en leur for intérieur ».

Et les gardiens de la porte dirent : « Entrez ».

Fièrement et lentement, tandis qu'ils parlaient, s'approcha d'eux un chameau, dont le cavalier cherchait à entrer dans la ville. Son visage brillait de l'éclat du soleil couchant qui l'avait longtemps guidé vers la porte de la ville. Ils lui demandèrent un péage. Il parla à son chameau, et le chameau rugit et s'agenouilla, et l'homme descendit de lui. L'homme déballa de nombreuses soieries, une boîte de divers métaux travaillés par les Japonais, où sur le couvercle de la boîte se trouvaient des figures d'hommes qui regardaient d'un rivage quelconque une île de la mer intérieure. Il montra cela aux observateurs, et quand ils l'eurent vu, il leur dit :

— Il m'a semblé que ces hommes se parlent ainsi :

« Voici Oojni, la chair de la mer, la petite mer-mère qui n'a pas de tempêtes. Elle part d'Oojni en chantant une chanson, et elle revient en chantant sur ses sables. Oojni est petite dans le giron de la mer, et les navires émerveillés la perçoivent à peine. Les voiles blanches n'ont jamais emporté ses légendes au loin, elles ne sont pas racontées par les vagabonds barbus de la mer. Ses contes au coin du feu ne sont pas connus du Nord, les dragons de Chine n'en ont jamais entendu parler, ni ceux qui chevauchent des éléphants à travers l'Inde.

« Les hommes racontent les histoires et la fumée s'élève ; la fumée s'en va et les histoires sont racontées.

« Oojni n'est pas un nom parmi les nations, elle n'est pas connue là où les marchands se rencontrent, elle n'est pas évoquée par des lèvres étrangères.

« En effet, Oojni est une petite île parmi les autres, mais elle est aimée par ceux qui connaissent ses côtes et ses terres intérieures cachées de la mer.

« Sans gloire, sans renommée et sans richesse, Oojni est très aimée d'un petit peuple et de certains, mais pas de tous, car tous ses morts l'aiment encore et viennent souvent la nuit chuchoter dans ses bois. Qui pourrait oublier Oojni, même parmi les morts ?

« Car il y a ici, à Oojni, des maisons d'hommes, des jardins, des temples dorés des dieux, et des lieux sacrés au bord de la mer, et beaucoup de bois murmurants. Il y a un chemin qui serpente à travers les collines pour aller dans de mystérieuses terres saintes où dansent la nuit les esprits des bois, ou fredonnent des chants invisibles dans la lumière du soleil. Personne ne va dans ces terres saintes, car qui aime Oojni pourrait la dépouiller de ses mystères, et les étrangers curieux ne viennent pas. Mais nous aimons Oojni, bien qu'elle soit si petite ; elle est la petite mère de notre race, et la gentille nourrice de tous les oiseaux de mer.

« Et voyez, qui la caressent en ce moment même, les doux doigts de la mer-mère, dont les rêves sont loin avec ce vieil océan errant.

« Pourtant, n'oublions pas Fuji-Yama, car il se tient au-dessus des nuages et de la mer, brumeux en bas, vague et indistinct, mais clair au-dessus pour que toutes les îles puissent le regarder. Les navires font tous leurs voyages sous son regard, les nuits et les jours passent devant lui comme un vent, les étés et les hivers sous lui vacillent et se fanent, la vie des hommes passe tranquillement ici et là, et Fuji-Yama veille là, et sait. »

Et les gardiens de la porte dirent : « Entrez ».

Moi aussi, je leur aurais raconté un conte, très merveilleux et très vrai, un conte que j'avais raconté dans de nombreuses villes, mais qui n'avait pas encore de croyants. Maintenant, le soleil s'était couché, le bref crépuscule avait disparu, et des silences fantomatiques s'élevaient des collines lointaines et sombres. Une immobilité planait sur la porte de cette ville. Le grand silence de la nuit solennelle était plus acceptable pour les gardiens de la porte que tout son de l'homme. Ils nous firent signe de la main de passer dans la ville sans payer de taxe. Doucement, nous montâmes sur le sable, entre les hauts piliers de roche de la porte, une profonde immobilité s'installa parmi les gardiens, et les étoiles au-dessus d'eux scintillaient sans être dérangées.

Pendant combien de temps l'homme parle-t-il, mais en vain. Et combien de temps reste-t-il silencieux. L'autre jour, j'ai rencontré à Thèbes un roi qui s'était tu pendant quatre mille ans.

L'homme au haschisch

L'autre jour, j'étais à un dîner à Londres. Les dames étaient montées à l'étage, et personne ne s'est assis à ma droite. À ma gauche, il y avait un homme que je ne connaissais pas, mais qui savait apparemment mon nom, car il se tourna vers moi au bout d'un moment et me dit :

— J'ai lu une de vos histoires sur Bethmoora dans une revue.

Bien sûr, je me suis souvenu de l'histoire. Il s'agissait d'une belle ville orientale qui avait été soudainement désertée en un jour – personne ne savait vraiment pourquoi.

— Oh, oui, dis-je.

Et je cherchais lentement dans mon esprit une façon plus appropriée de reconnaître le compliment que sa mémoire m'avait fait. Je fus très étonné lorsqu'il me dit :

— Vous vous êtes trompé au sujet de la maladie gnousar ; ce n'était pas du tout ça.

— Pourquoi ! Vous y êtes allé, dis-je.

— Oui, je le fais avec du haschisch. Je connais bien Bethmoora, répondit-il.

Et il sortit de sa poche une petite boîte pleine d'une substance noire qui ressemblait à du goudron, mais dont l'odeur était des plus étranges. Il me recommanda de ne pas la toucher du doigt, car la tache restait pendant des jours.

— Je l'ai eu d'un gitan, dit-il. Il en avait beaucoup, car ça avait tué son père.

Mais je l'interrompis, car je voulais savoir avec certitude ce qui avait rendu désolée cette belle ville, Bethmoora, et pourquoi ils l'avaient fuie rapidement en un jour.

— Était-ce à cause de la malédiction du Désert, demandais-je.

— C'était en partie la fureur du Désert et en partie les conseils de l'Empereur Thuba Mleen, car cette bête redoutable est en quelque sorte liée au Désert du côté de sa mère, répondit-il.

Et il me raconta cette étrange histoire :

— Tu te souviens du marin à la cicatrice noire, qui était là le jour que tu as décrit, lorsque les messagers sont arrivés à dos de mulets à la porte de Bethmoora, et que tous les gens ont fui. J'ai rencontré cet homme dans une taverne, en buvant du rhum, et il m'a raconté la fuite de Bethmoora, mais il ne savait pas plus que toi quel était le message, ni qui l'avait envoyé. Cependant, il a dit qu'il reverrait Bethmoora dès qu'il toucherait à nouveau un port de l'Est, même s'il devait affronter le Diable. Il disait souvent qu'il affronterait le Diable pour découvrir le mystère de ce message qui avait vidé Bethmoora en un jour. Et à la fin, il dut affronter Thuba Mleen, dont il n'avait pas imaginé la faible férocité. Car un jour, le marin me dit qu'il avait trouvé un bateau, et je ne l'ai plus rencontré après cela à la taverne en train de boire du rhum. C'est à peu près à cette époque que j'ai obtenu le haschisch du gitan, qui en avait une quantité dont il ne voulait pas. Cela nous fait littéralement sortir de nous-mêmes. C'est comme des ailes. On s'envole au-dessus de pays lointains et dans d'autres mondes. Une fois, j'ai découvert le secret de l'univers. J'ai oublié ce que c'était, mais je sais que le Créateur ne prend pas la Création au sérieux, car je me souviens qu'IL s'est assis dans l'Espace avec tout Son travail devant Lui et qu'IL a ri. J'ai vu des choses incroyables dans des mondes effrayants. De même que c'est votre imagination qui vous y emmène, de même ce n'est que par votre imagination que vous pouvez en revenir. Une fois, dans l'éther, j'ai rencontré un esprit battu, rôdeur, qui avait appartenu à un homme que les drogues avaient tué il y a cent ans. Il m'a conduit dans des régions que je n'avais jamais imaginées. Nous nous sommes séparés dans la colère au-delà des Pléiades, et je ne pouvais pas imaginer mon retour. J'ai rencontré une énorme forme grise qui était l'esprit d'un grand peuple, peut-être d'une étoile entière, et je l'ai supplié de me montrer le chemin du retour. Il s'est arrêté à côté de moi comme un vent soudain et me l'a montré du doigt, et, parlant tout doucement, il m'a demandé si je discernais une certaine lumière minuscule. J'ai vu faiblement une étoile lointaine, puis il m'a dit : « C'est le système solaire », et il a avancé d'un pas formidable. Le feu s'était éteint et tout était froid, et je devais bouger chaque doigt un par un, avec des aiguilles et des douleurs terribles sous les ongles qui commençaient à dégeler. Il dit que c'était un empoisonnement au haschisch, mais que tout se serait bien passé si je n'avais pas rencontré cet esprit battu et rôdeur.

« Je pourrais vous raconter des choses étonnantes que j'ai vues, mais vous voulez savoir qui a envoyé ce message à Bethmoora. Eh bien, c'était Thuba Mleen. Voici comment je le sais. Je suis souvent allé dans la ville après le jour que vous avez écrit (j'avais l'habitude de prendre du haschisch le soir dans mon appartement), et je l'ai toujours trouvée inhabitée. Du sable s'y était déversé depuis le désert, et les rues étaient jaunes et lisses, et par les portes ouvertes et battantes le sable avait dérivé. Un soir, j'avais mis le pare-étincelles devant le feu, je m'étais installé dans un fauteuil et j'avais mangé mon haschich. Et la première chose que j'ai vue en arrivant à Bethmoora, c'est le marin à la cicatrice noire, qui se promenait dans la rue et faisait des traces de pas dans le sable jaune. Maintenant, je savais que je devais voir quelle était la puissance secrète qui maintenait Bethmoora inhabitée.

« J'ai vu qu'il y avait de la colère dans le Désert, car des nuages d'orage s'élevaient le long de la ligne d'horizon, et j'ai entendu un murmure dans le sable.

« Le marin se promenait dans la rue, regardant les maisons vides au passage.

Tantôt il criait, tantôt il chantait, tantôt il écrivait son nom sur un mur de marbre. Puis il s'assit sur une marche et mangea son dîner. Au bout d'un moment, il se lassa de la ville et remonta la rue. Comme il atteignait la porte du cuivre vert, trois hommes sur des chameaux apparurent.

« Je ne pouvais rien faire. Je n'étais qu'une conscience, invisible, errante : mon corps était en Europe. Le marin se battit bien avec ses poings, mais il fut maîtrisé et attaché avec des cordes, et emmené à travers le Désert.

« Je les suivis aussi longtemps que je pus, et je découvris qu'ils prenaient le chemin du désert, contournaient les collines de Hap en direction d'Utnar Vehi, et je sus alors que les chameliers appartenaient à Thuba Mleen.

« Je travaille dans un bureau d'assurance toute la journée, et j'espère que vous ne m'oublierez pas si jamais vous voulez vous assurer – vie, incendie ou automobile – mais cela ne fait pas partie de mon histoire. J'étais désespérément pressé de retourner à mon appartement, bien qu'il ne soit pas bon de prendre du haschisch deux jours de suite, mais je voulais voir ce qu'ils feraient à ce pauvre homme, car j'avais entendu de mauvaises rumeurs sur Thuba Mleen. Avant de partir, j'écrivis une lettre, puis je sonna mon domestique et lui dis que je ne devais pas être dérangé, bien que je laisse ma porte ouverte en cas d'accident. Après cela, je fis un bon feu, je m'assis et mangea le pot aux rêves. Je me rendais au palais de Thuba Mleen.

« Je fus retenu plus longtemps que d'habitude par des bruits dans la rue, mais tout à coup j'étais au-dessus de ma ville ; les pays européens défilaient sous moi, et apparurent les fines flèches blanches du palais de l'horrible Thuba Mleen. Je le trouvais au fond d'une petite pièce étroite. Un rideau de cuir rouge pendait derrière lui, sur lequel tous les noms de Dieu, écrits en Yannish, étaient travaillés avec un fil d'or. Trois fenêtres étaient petites et hautes. L'Empereur ne semblait pas avoir plus de vingt ans, et paraissait petit et faible. Aucun sourire ne venait sur son méchant visage jaune, bien qu'il titubât continuellement. En regardant de son front bas à sa lèvre inférieure frémissante, je me rendit compte qu'il y avait quelque chose d'horrible en lui, bien que je ne sois pas capable de percevoir ce que c'était. Puis je le vis – l'homme n'a jamais cligné des yeux ; et bien plus tard encore, cela ne s'est jamais produit.

« Puis je suivis le regard de l'Empereur et je vis le marin étendu sur le sol, vivant mais hideusement déchiré, et les tortionnaires royaux s'affairaient autour de lui. Ils lui avaient arraché de longues bandes de peau, mais ne les avaient pas détachées, et ils en torturaient les extrémités loin du marin. »

L'homme me raconta beaucoup de choses que je dois omettre.

— Le marin gémissait doucement, et chaque fois qu'il gémissait, Thuba Mleen titrait. Je n'avais pas d'odorat, mais j'entendais et je voyais, et je ne sais pas ce qui était le plus révoltant – la terrible condition du marin ou le visage heureux et sans sourciller de l'horrible Thuba Mleen.

« Je voulus m'en aller, mais le moment n'était pas encore venu, et je devais rester où j'étais. Soudain, le visage de l'Empereur se mit à tressaillir violemment et sa lèvre inférieure à frémir plus vite. Il gémit de colère et cria d'une voix stridente, en Yannish, au capitaine de ses tortionnaires qu'il y avait un esprit dans la pièce. Je n'eus pas peur, car les hommes vivants ne peuvent pas porter la main sur un esprit, mais tous les bourreaux furent effrayés par sa colère et arrêtèrent leur travail, car leurs mains tremblaient de peur. Alors deux hommes de la garde avec des lances se glissèrent hors de la pièce, et chacun d'eux rapporta une coupe en or, avec des boutons, pleine de haschisch. Les coupes étaient assez grandes pour que des têtes y flottent si elles avaient été remplies de sang. Les deux hommes se mirent rapidement à manger, chacun avec deux grandes cuillères – il y avait assez dans chaque cuillère pour faire rêver cent hommes. L'état de haschisch ne tarda pas à s'installer en eux, et leurs esprits planaient, se préparant à se libérer, tandis que j'avais une peur bleue. Mais de temps à autre, ils retombaient dans leur corps, rappelés par quelque bruit dans la pièce. Les hommes mangeaient toujours, mais paresseusement maintenant, et sans férocité. Enfin, les grandes cuillères leur tombèrent des mains, et leurs esprits se levèrent et les quittèrent. Je ne pouvais pas fuir. Les esprits étaient plus horribles que les hommes, parce que c'étaient de jeunes hommes, et qu'ils n'avaient pas encore été entièrement modelés pour s'adapter à leurs âmes effrayantes. Le marin gémissait doucement, provoquant des petits rires de l'empereur Thuba Mleen. Alors les deux esprits se précipitèrent sur moi, m'emportèrent comme les bourrasques de vent emportent les papillons, et nous nous éloignâmes de cet homme petit, pâle et odieux. On ne pouvait échapper à l'insistance féroce de ces esprits. L'énergie de mon minuscule morceau de drogue était submergée par les énormes cuillères que ces hommes avaient mangées à deux mains. Je fus projeté au-dessus d'Arvle Woondery, et amené sur les terres de Snith, puis continuai jusqu'à Kragua, et au-delà, jusqu'à ces terres sombres qui sont presque inconnues de l'imagination. Nous arrivâmes enfin à ces collines d'ivoire que l'on nomme les Montagnes de la Folie. J'essayais de lutter contre les esprits des hommes de cet effroyable Empereur, car j'entendais de l'autre côté des collines d'ivoire les piaillements de ces bêtes qui s'attaquent aux fous, alors qu'elles rôdaient de long en large. Ce n'était pas ma faute si mon petit morceau de haschisch ne pouvait pas lutter contre leurs horribles cuillères... »

Quelqu'un tira sur la sonnette de la porte du hall. Un domestique vint et dit à notre hôte qu'un policier dans le hall souhaitait lui parler immédiatement. Il s'excusa auprès de nous et sortit, et nous entendîmes un homme en grosses bottes qui lui parlait à voix basse. Mon ami se leva, s'approcha de la fenêtre, l'ouvrit et regarda dehors.

— Je pense que ce sera une belle nuit, dit-il.

Puis il sauta dehors. Lorsque nous passâmes nos têtes étonnées par la fenêtre pour le chercher, il était déjà hors de vue.

Pauvre vieux Bill

Dans un ancien repaire de marins, une taverne de la mer, la lumière du jour déclinait. Depuis plusieurs soirs, je fréquentais cet endroit, dans l'espoir d'entendre les marins, assis autour de vins étranges, me parler d'une rumeur qui m'était parvenue au sujet d'une certaine flotte de galions de l'ancienne Espagne qui, disait-on, flottait encore dans les mers du Sud, dans une région inexplorée.

Je fus déçu une fois de plus. On parlait peu et rarement, et j'étais sur le point de partir, lorsqu'un marin, portant des boucles d'oreilles en or pur, leva la tête de son vin, et regardant le mur droit devant lui, raconta son histoire à voix haute :

(Lorsque, plus tard, une tempête de pluie se leva et tonna sur les vitres plombées de la taverne, il éleva la voix sans effort et continua à parler. Plus il faisait sombre, plus ses yeux sauvages brillaient).

— Un navire avec des voiles de l'ancien temps s'approchait d'îles fantastiques. Nous n'avions jamais vu de telles îles.

« Nous détestions tous le capitaine, et il nous détestait. Il nous détestait tous de la même façon, il n'y avait aucun favoritisme chez lui. Il ne parlait jamais à aucun d'entre nous, sauf parfois le soir, quand la nuit tombait, il s'arrêtait, levait les yeux et parlait un peu aux hommes qu'il avait pendus à la vergue.

« Nous étions un équipage mutiné. Mais le capitaine était le seul homme à avoir des pistolets. Il dormait avec un pistolet sous son oreiller et en gardait un près de lui. Les îles avaient un air méchant. Elles étaient petites et plates comme si elles n'avaient surgi que récemment de la mer, et elles n'avaient ni sable ni rochers comme les îles honnêtes, mais de l'herbe verte jusqu'à l'eau. Et il y avait là des petites chaumières dont l'aspect ne nous plaisait pas. Leurs chaumières descendaient presque jusqu'au sol, et étaient étrangement retroussées aux coins, et sous les avant-toits bas se trouvaient d'étranges fenêtres sombres dont les petits carreaux de plomb étaient trop épais pour qu'on puisse voir à travers. Personne, homme ou bête, ne s'y promenait, de sorte qu'on ne pouvait pas savoir quel genre de personnes y vivaient. Mais le capitaine le savait. Il était allé à terre et était entré dans l'une des chaumières, et quelqu'un avait allumé des lumières à l'intérieur, et les petites fenêtres portaient un regard mauvais.

« Il faisait nuit quand il remonta à bord, dit joyeusement bonne nuit aux hommes qui se balançaient à la vergue et nous regarda d'une manière qui effraya le pauvre vieux Bill.

« La nuit suivante, nous constatâmes qu'il avait appris à maudire, car il s'était approché d'un grand nombre d'entre nous qui dormions dans nos couchettes, et parmi eux le pauvre vieux Bill. Il nous pointa du doigt, et lança une malédiction pour que nos âmes restent toute la nuit au sommet des mâts. Et soudain, l'âme du pauvre vieux Bill se retrouva assise comme un singe en haut du mât, regardant les étoiles, et gelée de part en part.

« Nous eûmes une petite mutinerie après cela, mais le capitaine se leva et pointa son doigt à nouveau, et cette fois le pauvre vieux Bill et tous les autres nageaient derrière le navire dans l'eau verte et froide, bien que leurs corps soient restés sur le pont.

« C'est le garçon de cabine qui découvrit que le capitaine ne pouvait pas jurer quand il était ivre, alors qu'il pouvait tirer aussi bien à ce moment qu'à un autre.

« Après cela, il ne s'agissait plus que d'attendre, et de perdre deux hommes le moment venu. Certains d'entre nous étaient des meurtriers et voulaient tuer le capitaine, mais le pauvre vieux Bill était d'avis de trouver un bout d'île, hors des voies maritimes, et de le laisser là avec sa part des provisions de l'année. Tout le monde avait écouté le pauvre vieux Bill, mais nous avions décidé de tuer le capitaine dès que nous l'aurions attrapé alors qu'il ne pouvait pas jurer.

« Il fallut trois jours entiers avant que le capitaine ne s'enivre à nouveau, et le pauvre vieux Bill et nous tous passâmes un moment épouvantable. Car le capitaine inventait chaque jour de nouvelles malédictions, et partout où il pointait son doigt, nos âmes devaient aller. Les poissons commencèrent à nous connaître, ainsi que les étoiles, et aucun d'eux ne nous plaignait lorsque nous gelions sur les mâts ou que nous étions précipités à travers des forêts d'algues et que nous nous perdions – les étoiles et les poissons vaquaient à leurs occupations avec des yeux froids et impassibles. Une fois, alors que le soleil s'était couché et que c'était le crépuscule, que la lune apparaissait de plus en plus clairement dans le ciel, et que nous arrêtions un instant notre travail parce que le capitaine semblait regarder loin de nous les couleurs du ciel, il se retourna soudain et envoya nos âmes vers la Lune. Il y faisait plus froid que la glace la nuit. Il y avait d'horribles montagnes qui faisaient des ombres, et tout était aussi silencieux que des kilomètres de tombes. La Terre brillait dans le ciel aussi grande que la lame d'une faux, et nous avions tous le mal du pays, mais nous ne pouvions ni parler ni pleurer. Il faisait nuit quand nous rentrâmes, et nous fûmes très respectueux envers le capitaine le jour suivant, ce qui ne l'empêcha pas de maudire à nouveaux plusieurs d'entre nous. Ce que nous craignions le plus, c'était qu'il maudisse nos âmes en enfer. Alors aucun d'entre nous ne mentionnait l'enfer plus qu'à voix basse, de peur que cela ne le lui rappelle. Mais le troisième soir, le garçon de cabine vint nous dire que le capitaine était ivre. Nous allâmes tous dans sa cabine, et nous le trouvâmes allongé sur sa couchette. Il tira comme il n'avait jamais tiré auparavant, mais il n'avait que deux pistolets. Il aurait tué deux hommes s'il n'avait pas eu Joe avec le bout d'un de ses pistolets appuyé sur sa tête. Puis on l'attacha. Le pauvre vieux Bill mit le rhum entre les dents du capitaine, et le garda ivre pendant deux jours, de sorte qu'il ne pouvait pas jurer, jusqu'à ce que nous trouvions un rocher convenable. Le deuxième jour, avant le coucher du soleil, nous trouvâmes pour le capitaine une belle île nue, hors des routes maritimes, longue d'environ cent mètres et large d'environ quatre-vingts. Nous l'y conduisîmes à la rame dans un canot et lui donnâmes des provisions pour un an, les mêmes que celles que nous avions nous-mêmes, car le pauvre vieux Bill voulait être juste. Et nous le laissâmes assis confortablement, le dos contre un rocher, en chantant une chanson de marin.

« Lorsque nous n'eûmes plus entendu le capitaine chanter, nous nous fûmes tous réjouis et préparâmes un banquet avec les provisions de l'année, car nous espérions tous être de retour à la maison dans moins de trois semaines. Nous fîmes trois grands banquets chaque jour pendant une semaine – chaque homme eut plus que ce qu'il pouvait manger, et ce qui restait, nous le jetâmes par terre comme des gentlemen. Puis un jour, alors que nous apercevions San Huegedos et que nous voulions y débarquer pour dépenser notre argent, le vent tourna derrière nous et nous fit prendre le large. Il était impossible de virer de bord et d'entrer dans le port, bien que d'autres navires soient passés près de nous et y aient jeté l'ancre. Parfois, un calme plat s'abattait sur nous, alors que les bateaux de pêche tout autour de nous volaient devant un demi tourbillon, et parfois le vent nous poussait vers le large alors que rien d'autre ne bougeait. Toute la journée, nous essayâmes, et à nouveau le lendemain. Tous les marins des autres navires dépensaient leur argent à San Huegedos et nous ne pouvions pas nous en approcher. Alors nous dîmes des choses horribles contre le vent et contre San Huegedos, et nous partîmes.

« Ce fut la même chose à Norenna.

« Nous nous serrions les uns contre les autres et parlions à voix basse. Soudain, le pauvre vieux Bill prit peur. Tout au long de la côte siractique, nous essayâmes encore et encore, et le vent nous attendait dans chaque port et nous envoyait au large. Même les petites îles ne voulaient pas de nous. Nous savions alors qu'il n'y avait pas encore de débarquement pour le pauvre vieux Bill, et chacun reprochait à son bon cœur de leur avoir fait mariner le capitaine sur un rocher, afin de ne pas avoir son sang sur les mains. Il n'y avait rien d'autre à faire que de dériver sur les mers. Il n'y avait plus de banquets maintenant, car nous craignions que le capitaine ne vive son année et ne nous garde en mer.

« Au début, nous avions l'habitude de héler tous les navires qui passaient, et nous essayions de les aborder dans les bateaux ; mais il n'était pas possible de remorquer contre la malédiction du capitaine, et nous dûmes y renoncer. Nous jouâmes donc aux cartes pendant un an dans la cabine du capitaine, nuit et jour, tempête et beau temps, et chacun promettait de payer le pauvre vieux Bill lorsque nous débarquerions.

« C'était horrible pour nous de penser que le capitaine était vraiment un homme frugal, lui qui avait l'habitude de se saouler tous les deux jours lorsqu'il était en mer, et voilà qu'il était toujours vivant, et sobre aussi, car sa malédiction nous empêchait toujours d'entrer dans tous les ports, et nos provisions avaient disparu.

« Alors, nous en sommes venus à tirer au sort, et Jim fut le malchanceux. Jim ne nous sustenta qu'environ trois jours, puis nous tirâmes à nouveau au sort, et cette fois ce fut l'Africain. Il ne nous sustenta pas plus longtemps, et nous tirâmes à nouveau au sort, et cette fois ce fut Charlie, et le capitaine était encore en vie.

« Au fur et à mesure que nous étions moins nombreux, l'un d'entre nous nous sustentait plus longtemps. De plus en plus longtemps, un compagnon nous durait, et nous nous demandions tous comment le capitaine faisait. Il y avait cinq semaines de plus que l'année quand nous tirâmes Mike, et il nous sustenta une semaine, mais le capitaine était toujours en vie. Nous nous demandions s'il ne se fatiguait pas de la même vieille malédiction, mais nous supposions que les choses étaient différentes quand on était seul sur une île. Quand il ne resta plus que Jakes, le pauvre vieux Bill, le garçon de cabine et Dick, nous arrêtâmes le tirage au sort. Nous dîmes que le garçon de cabine avait eu toute la chance, et qu'il ne devait pas en attendre davantage. Alors le pauvre vieux Bill restait seul avec Jakes et Dick, et le capitaine était toujours vivant. Lorsqu'il n'y eut plus de garçon, et que le capitaine était toujours en vie, Dick, qui était un homme très fort comme le pauvre vieux Bill, dit que c'était le tour de Jakes, et qu'il était très chanceux d'avoir vécu aussi longtemps que lui. Mais le pauvre vieux Bill en parla avec Jakes, et ils pensèrent qu'il valait mieux que Dick prenne son tour.

« Il y restait donc Jakes et le pauvre vieux Bill ; et le capitaine ne voulait pas mourir.

« Et ces deux-là se surveillaient nuit et jour quand Dick fut parti car il ne leur restait plus personne. Enfin, le pauvre vieux Bill tomba dans les pommes et resta étendu pendant une heure. Alors Jakes s'approcha lentement de lui avec son couteau, et poignarda le pauvre vieux Bill étendu sur le pont. Celui-ci l'attrapa par le poignet et lui enfonça son couteau deux fois pour être sûr, bien que cela ait gâché la meilleure partie de la viande. Alors le pauvre vieux Bill fut tout seul en mer.

« La semaine suivante, avant que la nourriture ne s'épuise, le capitaine dut mourir sur son petit bout d'île, car le pauvre vieux Bill entendit l'âme du capitaine se maudire sur la mer, et le jour suivant, le navire fut rejeté sur une côte rocheuse.

« Le capitaine est mort depuis plus de cent ans, et le pauvre vieux Bill est à nouveau en sécurité sur la terre ferme. Mais il semble que le capitaine n'en avait pas encore fini avec lui, car le pauvre vieux Bill ne vieillit jamais, et d'une manière ou d'une autre, il ne semble pas mourir. Pauvre vieux Bill ! »

Quand tout cela fut terminé, la fascination de l'homme se brisa soudainement, et nous nous levâmes tous d'un bond et le quittâmes.

Ce n'est pas seulement son histoire révoltante, mais le regard effrayant de l'homme qui la racontait, et la terrible facilité avec laquelle sa voix surpassait le grondement de la pluie, qui me décida à ne plus jamais entrer dans ce repaire de marins – la taverne de la mer.

Les mendiants

Il n'y a pas longtemps, je me promenais dans Piccadilly, pensant aux comptines et regrettant les vieilles histoires d'amour.

En voyant passer les commerçants dans leurs redingotes noires et leurs chapeaux noirs, je pensa à cette vieille phrase des contes pour enfants : « Les marchands de Londres, ils portent de l'écarlate. »

Les rues étaient toutes si peu romantiques, mornes. On ne pouvait rien faire pour elles, pensais-je... rien. Puis mes pensées furent interrompues par des aboiements de chiens. Tous les chiens de la rue semblaient aboyer – toutes les espèces de chiens, non seulement les petits mais aussi les grands. Ils étaient tous tournés vers l'Est, vers le chemin par lequel je passais. Puis je me retournai pour regarder et j'eus cette vision, à Piccadilly, du côté opposé aux maisons, juste après avoir passé la station de taxis.

De grands hommes courbés descendaient la rue, vêtus de merveilleux manteaux. Tous avaient le teint pâle et les cheveux basanés, et la plupart portaient une étrange barbe. Ils s'avançaient lentement, marchaient avec des bâtons, et leurs mains étaient tendues pour l'aumône.

Tous les mendiants étaient venus en ville.

Je leur aurais bien donné un doublon d'or gravé des tours de Castille, mais je n'en avais pas. Ils ne semblaient pas être des gens à qui il convenait d'offrir la même pièce que celle que l'on offre pour l'usage d'un taxi (ô merveilleux mot mal fait, sûrement le mot de passe quelque part de quelque ordre maléfique). Certains d'entre eux portaient des manteaux violets avec de larges bordures vertes, dont certaines étaient plus étroites chez certains, et d'autres portaient des manteaux d'un vieux rouge fané, d'autres encore portaient des manteaux violets, mais aucun ne portait de noir. Et ils mendiaient gracieusement, comme des dieux pourraient mendier des âmes.

Je me tenais près d'un lampadaire, et ils s'en approchèrent. L'un d'eux s'adressa à lui, l'appelant frère du lampadaire, et dit :

— Ô lampadaire, notre frère des ténèbres, y a-t-il beaucoup d'épaves près de toi dans les marées de la nuit ? Ne dors pas, mon frère, ne dors pas. Il y aurait eu beaucoup de naufrages si tu n'avais pas été là.

C'était étrange. Je n'avais pas pensé à la majesté du lampadaire et à sa longue surveillance des hommes à la dérive. Mais il n'était pas dans le collimateur de ces étrangers en cape.

Puis l'un d'eux murmura à la rue :

— Es-tu fatiguée, rue ? Encore un peu de temps, ils vont monter et descendre, et ils te garderont vêtu de goudron et de briques de bois. Sois patiente, rue. Dans un moment, le tremblement de terre viendra.

— Qui êtes-vous ? disaient les gens. D'où venez-vous ?

— Qui peut dire ce que nous sommes, répondirent-ils, ou d'où nous venons ?

L'un d'eux se tourna vers les maisons enfumées en disant :

— Bénies soient les maisons, car les hommes y rêvent.

Je compris alors, ce que je n'avais jamais pensé, que toutes ces maisons aux yeux fixes n'étaient pas semblables, mais différentes les unes des autres, parce qu'elles abritaient des rêves différents.

Un autre se tourna vers un arbre qui se trouvait près des grilles de Green Park, en disant :

— Console-toi, arbre, car les champs reviendront.

Pendant tout ce temps, l'horrible fumée montait, cette fumée qui étouffe la romance et noircit les oiseaux. Cela, ai-je pensé, ils ne peuvent ni le louer ni le bénir. Mais quand ils la virent, ils levèrent les mains vers elle, vers les mille cheminées, en disant :

— Voyez la fumée. Les vieilles forêts de charbon qui sont restées si longtemps dans l'obscurité, et si longtemps encore, dansent maintenant et retournent vers le soleil. N'oublie pas la Terre, ô notre frère, et nous te souhaitons la joie du soleil.

Il avait plu, et un ruisseau sans joie s'écoulait d'une gouttière sale. Il était venu de tas d'ordures, immondes et oubliées et avait rassemblé sur son chemin des choses abandonnées. Il se dirigeait vers de sombres égouts inconnus de l'homme ou du soleil. C'est ce ruisseau maussade, autant que toutes les autres causes, qui m'avait fait dire dans mon cœur que la ville était vile, que la beauté y était morte, et que la romance la fuyait.

Ils ont même béni cette chose. Et l'un d'eux, qui portait un manteau pourpre avec une large bordure verte, dit :

— Frère, garde l'espoir, car tu arriveras enfin à la mer délicieuse, tu rencontreras les navires gigantesques qui voyagent, et tu te réjouiras auprès d'îles qui connaissent le soleil d'or.

Même ainsi, ils bénissaient la gouttière, et je n'éprouvais aucune envie de me moquer.

Et les gens qui passaient, avec leurs manteaux noirs inconvenants et leurs chapeaux difformes, monstrueux et brillants, les mendiants les bénissaient aussi. L'un d'eux dit à l'un de ces sombres citoyens :

— Ô jumeau de la Nuit elle-même, avec tes taches blanches au poignet et au cou comme les étoiles éparses de la Nuit. Comme tu voiles de noir tes désirs cachés et inavoués. Tu penses profondément qu'ils ne veulent pas s'amuser avec les couleurs, qu'ils disent "Non" au violet, et "Va-t'en" au beau vert. Tu as des fantaisies sauvages selon lesquelles il faut les dompter avec du noir, et des imaginations terribles selon lesquelles il faut les cacher ainsi. Ton âme rêve-t-elle des anges et des murs de la féerie pour que tu la protèges si complètement, de peur qu'elle n'éblouisse des yeux étonnés ? C'est ainsi que Dieu a caché le diamant dans des kilomètres d'argile.

« L'émerveillement que tu suscites n'est pas entaché par la gaieté.

« Voici que tu es très secret. Sois merveilleux.

« Sois plein de mystère. »

En silence, l'homme à la redingote noire passa son chemin. Et j'en vins à comprendre, quand le mendiant violet eut parlé, que le sombre citoyen avait peut-être trafiqué avec Ind, qu'il y avait dans son cœur des ambitions étranges et muettes, que sa mutité était fondée par un rite solennel sur les racines d'une tradition ancienne, qu'elle pourrait être surmontée un jour par une acclamation dans la rue ou par quelqu'un qui chanterait une chanson, et qu'au moment où ce commerçant parlait, il pourrait y avoir des fentes dans le monde et des gens qui regardaient l'abîme.

Puis, se tournant vers Green Park, où le printemps n'était pas encore arrivé, les mendiants tendirent les mains et, regardant l'herbe gelée et les arbres qui n'avaient pas encore poussé, ils prophétisèrent, en chantant tous ensemble, des jonquilles.

Un omnibus à moteur descendit la rue, manquant d'écraser quelques chiens qui aboyaient encore férocement. Il sonnait bruyamment du klaxon.

Et la vision se poursuivit.

Carcassonne

Lorsque Camorak régnait à Arn, et que le monde était plus beau, il donna une fête à toute la région pour commémorer la splendeur de sa jeunesse.

On raconte que sa maison d'Arn était immense et haute, et que son plafond était peint en bleu. Le soir venu, des hommes montaient sur des échelles et allumaient les dizaines de bougies suspendues à de fines chaînes. On dit aussi que parfois un nuage arrivait et se déversait par le haut de l'un des oriels, et qu'il passait sur le bord de la pierre comme la brume de la mer passe sur le bord ras d'une falaise où un vieux vent souffle pour toujours et à jamais (il balaie des milliers de feuilles et des milliers de siècles, ils ne font qu'un pour lui, il ne doit aucune allégeance au temps). Et le nuage se refaçonnait dans la voûte de la salle et dérivait lentement à travers elle, pour sortir à nouveau vers le ciel par une autre fenêtre. À partir de sa forme, les chevaliers de la salle de Camorak prophétisaient les batailles et les sièges de la prochaine saison de guerre. On dit de la salle de Camorak d'Arn qu'il n'y en a jamais eu de semblable dans aucun pays, et on prédit qu'il n'y en aura jamais.

Les gens de la région étaient venus des bergeries et des forêts, tournant autour de lentes pensées de victuailles, d'abri et d'amour, et ils s'assirent, émerveillés, dans cette fameuse salle où là aussi étaient assis les hommes d'Arn. La ville s'agglutinait autour de la haute maison du roi, et tout était couvert de terre rouge et originelle.

Si l'on se fie aux vieilles chansons, c'était une salle merveilleuse.

Beaucoup de ceux qui étaient assis là ne pouvaient que l'avoir vu de loin, une forme claire dans le paysage, mais plus petite qu'une colline. Ils voyaient maintenant, le long du mur, les armes des hommes de Camorak, dont les joueurs de luths chantaient déjà des chansons et dont on racontait des histoires le soir dans les taillis. On y décrivait le bouclier de Camorak, qui avait traversé tant de batailles, et les bords tranchants mais ternis de son épée. Il y avait les armes de Gadriol le Léal, de Norn, d'Athoric à l'Épée glissante, d'Hériel le

Sauvage, de Yarold et de Thanga d'Esk, leurs armes étaient suspendues uniformément tout autour de la salle, en bas, là où un homme pouvait les atteindre. À la place d'honneur, au milieu, entre les armes de Camorak et de Gadriol le Léal, était suspendue la harpe d'Arléon. Et de toutes les armes accrochées à ces murs, aucune ne fut plus funeste aux ennemis de Camorak que la harpe d'Arléon. En effet, pour un homme qui s'avance à pied contre une place forte, il est agréable d'entendre le bruit et les secousses d'un redoutable engin de guerre que ses compagnons d'armes font fonctionner derrière lui, d'où d'énormes rochers passent au-dessus de sa tête et plongent parmi ses ennemis. Il est agréable pour un guerrier, dans la lumière vacillante, de recevoir les ordres rapides de son roi, et de se réjouir des acclamations instantanées de ses camarades qui exultent soudainement à un tournant de la guerre. La harpe était tout cela et plus encore pour les hommes de Camorak, car non seulement elle encourageait ses guerriers, mais bien souvent Arléon de la harpe frappait de stupéfaction les armées adverses par quelque prophétie exaltée criée soudainement pendant que sa main balayait les cordes rugissantes. D'ailleurs, aucune guerre n'avait jamais été déclarée avant que Camorak et ses hommes n'aient longuement écouté la harpe, et qu'ils soient exaltés par la musique et contre la paix. Une fois, Arléon, pour le plaisir d'une rime, avait fait la guerre à Estabonn, et un mauvais roi avait été renversé, l'honneur et la gloire avaient été gagnés.

Au-dessus des boucliers et des harpes, tout autour de la salle, étaient peintes les figures des héros de fabuleuses chansons célèbres. Trop insignifiantes, parce que trop facilement surpassées par les hommes de Camorak, semblaient toutes les victoires que la terre ait connues. Aucun trophée n'était exposé des soixante-dix batailles de Camorak, car celles-ci n'étaient rien pour ses guerriers ou pour lui, comparées à ces prestiges que leur jeunesse avait rêvés et qu'ils avaient puissamment l'intention d'accomplir.

Au-dessus des tableaux peints, l'obscurité régnait, car le soir approchait, et les bougies qui se balançaient sur leur mince chaîne n'étaient pas encore allumées. C'était comme si une partie de la nuit était intégrée à l'édifice, comme un énorme rocher naturel qui s'avance dans une maison. Là étaient assis tous les guerriers d'Arn et les gens de la région qui les regardaient avec étonnement. Aucun ne dépassait la trentaine, et tous étaient habiles à la guerre. Et Camorak était assis à la tête de tous, exultant dans sa jeunesse.

Un devin était présent à ce festin, quelqu'un qui connaissait les plans du Destin. Il était assis parmi les gens de la région et n'avait aucune place d'honneur, car Camorak et ses hommes ne craignaient pas le Destin. Quand la viande fut mangée et les os jetés, le roi se leva de sa chaise, et ayant bu du vin, et étant dans la gloire de sa jeunesse et avec tous ses chevaliers autour de lui, appela le devin, disant, « Prophétise ».

Le devin se leva, caressa sa barbe grise, et parla prudemment :

— Il y a certains événements, dit-il, sur les voies du Destin qui sont voilés même aux yeux d'un devin, et beaucoup d'autres sont clairs pour nous qui seraient mieux voilés de tous. Beaucoup de choses que je sais qu'il vaut mieux ne pas dire, et certaines choses que je ne peux pas prédire sous peine de siècles de punition. Mais ce que je sais et prédis, c'est que vous ne viendrez jamais à Carcassonne.

Immédiatement, il y eut un bourdonnement de conversations sur Carcassonne – certains en avaient entendu parler en paroles ou en chansons, d'autres l'avaient lu et d'autres encore l'avaient rêvée. Le roi envoya Arléon de la Harpe pour se mêler aux gens de la région et entendre tout ce qu'ils pourraient raconter sur Carcassonne. Mais les guerriers racontèrent d'autres endroits qu'ils avaient conquis – beaucoup de forteresses solidement gardées, beaucoup de terres lointaines, et jurèrent alors qu'ils iraient à Carcassonne.

Après un instant, Arléon revint à la droite du roi, leva sa harpe, chanta et raconta Carcassonne. C'était loin, très loin, une cité aux remparts étincelants qui s'élevaient les uns au-dessus des autres, et des terrasses de marbre derrière les remparts, et des fontaines qui scintillaient sur les terrasses. C'était à Carcassonne que les rois elfes et leurs fées avaient d'abord reculé devant les hommes, et qu'ils l'avaient construite un soir de fin mai en soufflant dans leurs cornes d'elfes. Carcassonne ! Carcassonne !

Les voyageurs l'avaient vue parfois comme un rêve clair, avec le soleil scintillant sur sa citadelle au sommet d'une colline lointaine, et puis les nuages étaient venus ou une brume soudaine. Personne ne l'avait vue longtemps ou ne s'en était approché de près, bien qu'une fois quelques hommes se soient approchés très près. La fumée des maisons leur avait soufflé au visage, une rafale soudaine – puis plus rien. Et ils avaient déclaré que quelqu'un y brûlait du bois de cèdre. Les hommes avaient rêvé qu'il y avait là une sorcière, qui se promenait seule dans les cours et les couloirs froids des palais marmoréens, d'une beauté effrayante et immobile pendant ses quarante-cinq siècles, chantant la deuxième chanson la plus ancienne, qui lui fut enseignée par la mer, versant des larmes de solitude dans des yeux qui rendraient les armées folles. Pourtant elle n'appelait pas ses dragons chez elle – Carcassonne était terriblement gardée. Parfois, elle se baignait dans une baignoire de marbre dans les profondeurs de laquelle coule une rivière, ou bien elle s'allongeait toute la matinée sur le bord de la baignoire pour sécher lentement au soleil, et elle regardait la rivière qui coulait et troublait les profondeurs de la baignoire. Elle s'écoulait à travers les cavernes de la terre, plus loin qu'elle ne le sait, et lorsqu'elle apparaissait dans le bain de la sorcière, elle redescendait à travers la terre jusqu'à sa mer particulière.

En automne, elle descendait parfois noir de la neige que le printemps a faite fondre dans des montagnes inimaginables, où les fleurs fanées des arbustes de montagne s'en vont magnifiquement.

Quand il y avait du sang dans le bain, elle savait qu'il y aurait la guerre dans les montagnes, et pourtant elle ne savait pas où étaient ces montagnes.

Quand elle chantait, les fontaines dansaient depuis la terre sombre. Quand elle se coiffait, on dit qu'il y avait des tempêtes en mer. Quand elle était en colère, les loups devenaient courageux et descendaient tous au bûcher. Quand elle était triste, la mer l'était aussi, et toutes deux étaient tristes pour toujours. Carcassonne ! Carcassonne !

Cette ville était la plus belle des merveilles du matin ; le soleil criait quand il la voyait, car Carcassonne pleure quand le soir s'en va.

Et Arléon raconta combien de beaux périls entouraient la cité, et comment le chemin était inconnu. C'était une aventure chevaleresque. Alors tous les guerriers se levèrent et chantèrent la splendeur de l'aventure. Et Camorak jura par les dieux qui avaient bâti Arn, et par l'honneur de ses guerriers que, vivant ou mort, il irait à Carcassonne.

Alors le devin se leva et sortit de la salle, balayant les miettes de ses mains et lissant sa robe au passage.

Camorak dit alors :

— Il y a beaucoup de choses à planifier, de conseils à prendre et de provisions à rassembler. Quel jour allons-nous commencer ?

Et tous les guerriers qui répondirent crièrent :

— Maintenant.

Et Camorak sourit, car il les avait mis à l'épreuve. Ils descendirent alors des murs et prirent leurs armes, Sikorix, Kelleron, Aslof,

Wole de la Hache, Huhenoth, Briseur de Paix, Wolwuf, Père de la Guerre, Tarion, Lurth du Cri de Guerre et bien d'autres. Les araignées tapies dans cette salle retentissante ne se doutaient guère des loisirs sans entrave dont elles allaient bientôt jouir.

Lorsqu'ils furent armés, ils se mirent en formation et sortirent, et Arléon marchait devant eux en chantant Carcassonne.

Les gens de la région se levèrent et retournèrent bien nourris dans leurs étables. Ils n'avaient pas besoin de guerres ou de périls rares. Ils étaient toujours en guerre contre la faim. Une longue sécheresse ou un hiver rude étaient pour eux des batailles rangées. Si les loups entraient dans une bergerie, c'était comme la perte d'une forteresse, un orage sur la moisson était comme une embuscade. Bien nourris, ils s'en retournaient lentement à leurs granges, étant en trêve avec la faim ; et la nuit se remplit d'étoiles.

Les casques ronds des guerriers apparurent noirs dans le ciel étoilé lorsqu'ils passèrent les sommets des crêtes, mais dans les vallées, ils étincelaient par instant comme la lumière des étoiles sur l'acier.

Ils suivirent Arléon en allant vers le sud, d'où les rumeurs de Carcassonne étaient toujours parvenues : ils marchaient donc à la lumière des étoiles, et lui devant eux en chantant.

Quand ils eurent marché si loin qu'ils n'entendirent plus aucun son d'Arn, – et même inaudibles étaient ses cloches qui se balançaient, que les cierges qui brûlaient tard dans les tours ne leur envoyaient plus leur accueil désolé, au milieu de la nuit agréable qui berce les espaces ruraux –, la lassitude s'empara d'Arléon et son inspiration faiblit. Elle s'éteignit lentement. Peu à peu, il devint moins sûr du chemin de Carcassonne. Il s'arrêta un moment pour réfléchir, et se souvint à nouveau du chemin, mais sa certitude claire avait disparu, et à sa place, il s'efforçait de se rappeler les vieilles prophéties et les chansons de bergers qui parlaient de la merveilleuse cité. Puis, alors qu'il se répétait attentivement une chanson qu'un vagabond avait apprise d'un garçon de berger loin sur le versant inférieur des ultimes montagnes du sud, la fatigue s'abattit sur son esprit laborieux comme la neige sur les chemins sinueux d'une ville bruyante la nuit, immobilisant tout.

Il se leva, et les guerriers se rapprochèrent de lui. Pendant longtemps, ils étaient passés devant de grands chênes solitaires, ici et là, comme des géants respirant à pleins poumons l'air de la nuit avant d'accomplir quelque acte furieux. Maintenant, ils étaient arrivés à la lisière d'une forêt noire. Les troncs d'arbres se dressaient comme ces grandes colonnes dans une salle égyptienne d'où Dieu, dans une humeur plus ancienne, recevait les louanges des hommes. Le sommet de la forêt était incliné dans le sens d'un vent ancien. Là, ils s'arrêtèrent tous et allumèrent un feu de branches, faisant jaillir des étincelles de silex dans un tas de fougères. Ils se débarrassèrent de leurs armures et s'assirent autour du feu, et Camorak se leva et s'adressa à eux :

— Nous partons en guerre contre le Destin, qui m'a condamné à ce que je ne vienne pas à Carcassonne. Si nous écartons une seule des malédictions du Destin, alors tout l'avenir du monde est à nous, et l'avenir que le Destin a ordonné est comme le cours sec d'un fleuve détourné. Mais si des hommes comme nous, des conquérants résolus, ne peuvent pas empêcher un seul des malheurs du Destin, alors la race humaine est à jamais asservie à sa tâche mesquine et dévolue.

Puis tous ils dégainèrent leurs épées, les brandirent à la lueur du feu et déclarèrent la guerre au Destin.

Rien dans la sombre forêt ne bougea ou fit de bruit.

Les hommes fatigués ne rêvent pas de guerre. Et quand le matin arriva sur les champs luisants, une compagnie partie d'Arn découvrit le lieu de campement des guerriers, et apporta des pavillons et des provisions. Les guerriers festoyèrent, les oiseaux de la forêt chantèrent, et l'inspiration d'Arléon se réveilla.

Ils se levèrent, suivirent Arléon, entrèrent dans la forêt et se mirent en marche vers le sud. Plus d'une femme d'Arn leur envoya ses pensées tandis qu'ils jouaient seuls quelque vieil air monotone. Mais leurs propres pensées étaient loin devant eux, effleurant le lit à travers les profondeurs duquel la rivière dégringole sur le marbre de Carcassonne.

Lorsque les papillons dansèrent dans l'air, et que le soleil approcha du zénith, les pavillons furent dressés, et tous les guerriers se reposèrent. Puis ils festoyèrent à nouveau, jouèrent à des jeux chevaleresques, et tard dans l'après-midi, ils marchèrent à nouveau, en chantant Carcassonne.

La nuit descendit avec son mystère sur la forêt, redonna leur aspect démoniaque aux arbres, et fit surgir des creux brumeux une lune énorme et jaune.

Les hommes d'Arn allumèrent des feux, et des ombres soudaines se levèrent et s'éloignèrent de façon fantastique. Le vent de la nuit souffla, surgissant comme un fantôme, passa entre les troncs d'arbres, glissa le long des clairières chatoyantes, réveilla les bêtes rôdeuses qui rêvaient encore du jour, fit dériver les oiseaux nocturnes pour menacer les choses timides, battit les roses de la nuit amicale, porta aux oreilles des hommes errants le son d'une chanson de jeune fille, et donna un charme à l'air du luthiste joué dans sa solitude sur les collines lointaines. Les yeux profonds des papillons de nuit brillèrent comme les lampes d'un galion, ils déployèrent leurs ailes et naviguèrent sur leur mer familière. Sur ce vent de nuit aussi, les rêves des hommes de Camorak flottèrent vers Carcassonne.

Le lendemain matin, ils marchèrent, et toute la soirée aussi, et surent qu'ils approchaient maintenant des profondeurs de la forêt. Les citoyens d'Arn restèrent proches les uns des autres et derrière les guerriers. Car les profondeurs de la forêt étaient toutes inconnues des voyageurs, mais pas inconnues de ces histoires de peur que les hommes racontent le soir à leurs amis, dans le confort et la sécurité de leur foyer. Puis la nuit apparut et son énorme lune. Les hommes de Camorak dormirent. Parfois, ils se réveillaient et se rendormaient ; et ceux qui restaient éveillés longtemps et écoutaient, entendaient de lourdes créatures à deux pattes errer dans la nuit.

Dès que le jour se leva, les gens d'Arn commencèrent à s'éclipser et repartirent par bandes à travers la forêt. Quand la nuit tomba, ils ne s'arrêtèrent pas pour dormir, mais continuèrent leur fuite jusqu'à ce qu'ils arrivent à Arn, et ajoutèrent de la terreur à la forêt par les histoires qu'ils racontaient.

Les guerriers festoyèrent, et ensuite Arléon se leva, joua de sa harpe, et les conduisit à nouveau, avec quelques fidèles serviteurs restés avec eux. Ils marchèrent toute la journée dans une obscurité aussi vieille que la nuit, mais l'inspiration d'Arléon brûlait dans son esprit comme une étoile. Il les conduisit jusqu'à ce que les oiseaux commencent à se poser sur les cimes des arbres, et le soir venu, ils campèrent tous. Il ne leur restait plus qu'un seul pavillon, près duquel ils allumèrent un feu, et Camorak posta une sentinelle, épée dégainée, juste au-delà de la lueur du feu. Certains des guerriers dormirent dans le pavillon et d'autres autour de celui-ci.

À l'aube, quelque chose de terrible tua et mangea la sentinelle. Mais la splendeur des rumeurs de Carcassonne, le décret du destin selon lequel ils ne devaient jamais y parvenir, et l'inspiration d'Arléon et de sa harpe, tout cela incita les guerriers à poursuivre leur route, et ils s'enfoncèrent de plus en plus profondément dans la forêt.

Une fois, ils virent un dragon qui avait attrapé un ours et qui jouait avec lui, le laissant courir un peu et le rattrapant d'un coup de patte.

Ils arrivèrent enfin à un espace dégagé dans la forêt juste avant la tombée de la nuit. Une odeur de fleurs s'en dégageait comme une brume, et chaque goutte de rosée interprétait le ciel à elle seule.

C'était l'heure où le crépuscule embrasse la Terre.

C'était l'heure où les choses insensées prennent un sens, où les arbres surpassent la pompe des monarques, où les créatures timides s'échappent pour se nourrir, où les bêtes de proie rêvent encore sans danger, où la Terre pousse un soupir et où la nuit tombe.

Au milieu de la grande clairière, les guerriers de Camorak campèrent et se réjouirent de voir les étoiles apparaître une à une.

Cette nuit-là, ils mangèrent les dernières provisions et dormirent sans être dérangés par les rôdeurs qui hantent les ténèbres de la forêt.

Le lendemain, certains guerriers chassèrent le cerf, d'autres se couchèrent dans les joncs près d'un lac voisin et tirèrent des flèches sur les oiseaux aquatiques. Un cerf fut tué, ainsi que quelques oies et plusieurs sarcelles.

Les aventuriers restèrent ici, respirant l'air pur et sauvage que les villes ne connaissent pas. Le jour, ils chassaient, la nuit, ils allumaient des feux, ils chantaient, ils festoyaient, et ils oubliaient Carcassonne. Les terribles habitants des ténèbres ne les molestèrent jamais, la venaison était abondante, ainsi que toutes sortes de gibiers d'eau. Ils aimaient la chasse le jour, et la nuit leurs chansons préférées. Ainsi, jour après jour, semaine après semaine. Le temps jeta sur ce campement une poignée de lunes, les lunes d'or et d'argent qui gâchent l'année. L'automne et l'hiver passèrent, le printemps apparut, et toujours les guerriers chassaient et festoyaient là.

Une nuit de printemps, alors qu'ils festoyaient autour d'un feu et racontaient des histoires de chasse, et les doux papillons de nuit sortirent de l'obscurité et étalèrent leurs couleurs à la lumière du feu, puis repartirent gris dans l'obscurité. Le vent de la nuit était frais sur le cou des guerriers, et le feu de camp était chaud sur leurs visages, et un silence s'installa parmi eux après quelques chansons. Arléon se leva soudainement, se souvenant de Carcassonne. Sa main balaya les cordes de sa harpe, réveillant les accords les plus profonds, comme le son d'un peuple agile qui tance ses pas sur le bronze, et la musique s'en alla dans le silence de la nuit. La voix d'Arléon s'éleva :

— Quand il y a du sang dans le bain, elle sait qu'il y a la guerre dans les montagnes et se languit du cri de guerre des hommes royaux.

Et soudain, tous crièrent : « Carcassonne ! » À ce mot, leur oisiveté disparut comme disparaît le rêve d'un rêveur réveillé par un cri. Bientôt commença la grande marche qui ne faiblit plus et ne vacille plus. Sans être freinés par les batailles, sans être intimidés par les espaces solitaires, sans être fatigués par les années vultueuses, les guerriers de Camorak tinrent bon, et l'inspiration d'Arléon les guida toujours. Ils fendirent avec la musique de la harpe d'Arléon la noirceur des anciens silences, ils allèrent en chantant dans des batailles avec de terribles hommes sauvages, et revinrent en chantant, mais avec moins de voix, ils arrivèrent dans des villages dans des vallées pleines de la musique des cloches, et virent les lumières au crépuscule des chaumières abritant d'autres personnes.

Ils devinrent un proverbe d'errance, et une légende naquit d'hommes étranges et inconsolables. Les gens parlaient d'eux à la tombée de la nuit, lorsque le feu était chaud et que la pluie glissait sur les avant-toits. Et lorsque le vent était fort, les petits enfants craignaient que les Hommes qui ne voulaient pas se reposer ne passent en claquant des doigts. On racontait d'étranges histoires d'hommes en vieille armure grise se déplaçant au crépuscule le long des sommets des collines et ne demandant jamais d'abri. Et les mères disaient à leurs garçons qui s'impatientaient dans la maison que les vagabonds gris étaient autrefois si impatients, qu'ils étaient maintenant sans espoir de repos, et qu'ils étaient poussés par la pluie chaque fois que le vent était en colère.

Mais les vagabonds étaient encouragés dans leur errance par l'espoir d'arriver à Carcassonne, et plus tard par la colère contre le Destin, et finalement ils marchaient toujours parce qu'il semblait mieux de marcher que de penser.

Pendant de nombreuses années, ils errèrent et se battirent avec de nombreuses tribus. Souvent, ils rassemblaient des légendes dans les villages et écoutaient les chanteurs oisifs chanter des chansons ; et toutes les rumeurs de Carcassonne venaient encore du Sud.

Puis, un jour, ils arrivèrent dans un pays vallonné où l'on raconte qu'à trois vallées seulement, par temps clair, on peut voir Carcassonne. Bien que fatigués, peu nombreux et usés par les années qui leur avaient apporté des guerres, ils continuèrent à avancer, toujours guidés par l'inspiration d'Arléon qui diminuait avec l'âge, bien qu'il fasse encore de la musique avec sa vieille harpe.

Toute la journée, ils descendirent dans la première vallée et, pendant deux jours, ils montèrent. Ils arrivèrent devant une première ville qu'on ne peut pas prendre à la guerre, sous le sommet de la montagne, dont les portes leur étaient fermées et qu'ils ne pouvaient pas contourner. À gauche et à droite, des précipices abrupts s'élevaient aussi loin que l'œil pouvait voir ou que la légende pouvait le dire, et le col traversait la ville. Camorak rassembla ses guerriers restants en ligne de bataille pour mener leur dernière guerre, et ils s'avancèrent sur les ossements craquants de vieilles armées non enterrées.

Aucune sentinelle ne les défia à la porte, aucune flèche ne jaillit d'une tour de guerre. Un citoyen grimpa seul au sommet de la montagne, et les autres se cachèrent dans des endroits abrités.

Au sommet de la montagne se trouvait une profonde caverne dans le roc, en forme de cuvette, dans laquelle des feux bouillonnaient doucement. Si quelqu'un jetait un rocher dans le feu, comme il était coutume pour un de ces citoyens de le faire lorsque des ennemis s'approchaient d'eux, la montagne lançait des rochers par intermittence pendant trois jours, et les rochers tombaient en flammes sur cette ville et tout autour d'elle. Au moment où les hommes de Camorak commencèrent à battre la porte, ils entendirent un fracas dans la montagne, et un grand rocher tomba au-delà d'eux et roula dans la vallée. Les deux suivants tombèrent devant eux sur les toits de fer de la ville hors les murs. Au moment où ils entrèrent dans la ville, un rocher les trouva entassés dans une rue étroite, et en écrasa deux. La montagne fumait et haletait. À chaque halètement, un rocher plongeait dans les rues ou rebondissait le long du lourd toit de fer, et la fumée montait lentement, et montait, et montait.

Lorsqu'ils eurent traversé les longues rues vides de la ville jusqu'à la porte verrouillée au bout, ils n'étaient plus que quinze. Lorsqu'ils enfoncèrent la porte, il n'en restait plus que dix. Trois autres furent tués en montant la pente, et deux en passant près de la terrible caverne. Le destin laissa les rescapés descendre la montagne sur l'autre versant, puis prit trois d'entre eux. Seuls Camorak et Arléon restèrent en vie. La nuit descendit sur la vallée d'où ils étaient venus, illuminée par les éclairs de la montagne fatale, et les deux hommes pleurèrent leurs camarades toute la nuit.

Au matin, ils se souvinrent de leur guerre contre le Destin, et de leur ancienne résolution de venir à Carcassonne, et la voix d'Arléon s'éleva dans un chant chevrotant accompagnée des bribes de musique de sa vieille harpe. Il se leva et marcha le visage tourné vers le sud comme il l'avait fait pendant des années, et derrière lui Camorak alla. Quand enfin ils grimpèrent de la troisième vallée, et se tinrent sur le sommet de la colline dans la lumière dorée du soir, leurs yeux âgés ne virent que des kilomètres de forêt et les oiseaux qui allaient se coucher.

Leurs barbes étaient blanches, et ils avaient voyagé très loin et durement. C'était le moment pour eux où un homme se repose de ses travaux et rêve dans un sommeil léger des années passées et non des années à venir.

Ils regardèrent longtemps vers le sud, et le soleil se coucha sur des forêts plus lointaines, et des vers luisants allumèrent leurs lampes. L'inspiration d'Arléon s'éleva et s'envola pour toujours, pour réjouir, peut-être, les rêves d'hommes plus jeunes.

Arléon dit :

— Mon roi, je ne connais plus le chemin de Carcassonne.

Camorak sourit, comme le sourire des personnes âgées, avec peu de raisons de se réjouir, et dit :

— Les années passent devant nous comme de grands oiseaux que le Destin et les projets de Dieu ont fait surgir de quelque vieux marais gris. Il se pourrait bien qu'aucun guerrier ne puisse les vaincre, que le Destin nous ait vaincus et que notre quête ait échoué.

Après cela, ils restèrent silencieux.

Puis ils tirèrent leurs épées et, côte à côte, s'enfoncèrent dans la forêt, toujours à la recherche de Carcassonne.

Je pense qu'ils ne sont pas allés loin, car il y avait dans cette forêt des marais mortels, des ténèbres qui dépassaient les nuits, et des bêtes redoutables habituées à ses sentiers. Il n'y a pas non plus de légende, ni dans les vers, ni dans les chansons des gens des champs, que quelqu'un soit venu à Carcassonne.

À Zaccarath

— Venez, dit le roi en Zaccarath sacré, et laissez nos prophètes prophétiser devant nous.

Le palais sacré était un joyau de lumière, une merveille pour les nomades des plaines.

Il y avait le roi avec tous ses seigneurs, et les rois inférieurs qui lui étaient vassaux, et il y avait toutes ses reines avec tous leurs bijoux sur elles.

Qui dira la splendeur dans laquelle ils étaient assis, les mille feux et les émeraudes qui se répondaient, la beauté dangereuse de cette horde de reines, ou l'éclat de leurs cous chargés ? Il y avait là un collier de perles rose que l'art du rêveur ne peut imaginer.

Qui dira les lustres d'améthyste, où brûlaient des torches, imbibées d'huiles rares de Bhyrinie, qui dégageaient un parfum de bléthanie ? (Cette herbe merveilleuse qui, poussant près du sommet du mont Zaumnos, parfume toute la chaîne zaumnienne, et se sent au loin dans les plaines de Kepuscran, et même, quand le vent vient des montagnes, dans les rues de la ville d'Ognoth. La nuit, elle ferme ses pétales et on l'entend respirer, et son souffle est un poison rapide. C'est ce qu'elle fait même le jour si les neiges sont remuées autour d'elle. Aucune plante de ce genre n'a jamais été capturée vivante par un chasseur.)

Il suffit de dire que, lorsque l'aube se leva, elle apparut, par contraste, pâle et peu aimable, et dépouillée de toute sa gloire, de sorte qu'elle se cacha dans des nuages roulants.

— Venez, dit le roi, laissez nos prophètes prophétiser.

Alors les hérauts traversèrent les rangs des guerriers du roi, vêtus de soie, qui reposaient, huilés et parfumés, sur des manteaux de velours, avec une brise agréable parmi eux, provoquée par les éventails des esclaves ; même leurs lances étaient serties de bijoux. À travers leurs rangs, les hérauts allèrent à pas menus, et arrivèrent aux prophètes, vêtus de brun et de noir, et ils amenèrent l'un d'eux et le placèrent devant le roi. Le roi le regarda et dit :

— Prophétise-nous.

Le prophète leva la tête, de sorte que sa barbe se détacha de son manteau brun, et les éventails des esclaves qui éventaient les guerriers en agitèrent la pointe. Il s'adressa au roi, et parla ainsi :

— Malheur à toi, Roi, et malheur à Zaccarath. Malheur à toi, et malheur à tes femmes, car ta chute sera douloureuse et rapide. Déjà dans le Ciel les dieux fuient ton dieu. Ils connaissent son sort et ce qui est écrit de lui : il voit l'oubli devant lui comme une brume. Tu as suscité la haine des montagnards. Ils te haïssent tout le long des rochers de Droom. La méchanceté de tes jours fera tomber sur toi les Zédiens comme les soleils du printemps font tomber l'avalanche. Ils feront à Zaccarath ce que l'avalanche fait aux hameaux de la vallée.

Alors que les reines bavardaient ou s'amusaient entre elles, il se contenta d'élever la voix et de continuer à parler :

— Malheur à ces murs et aux choses sculptées dessus. Le chasseur connaîtra les lieux de campement des nomades par les marques des feux de camp dans la plaine, mais il ne connaîtra pas le lieu de Zaccarath.

Quelques-uns des guerriers couchés tournèrent la tête pour jeter un coup d'œil au prophète quand il cessa. Au loin, les échos de sa voix fredonnaient entre les chevrons du cèdre.

— N'est-il pas splendide, dit le Roi.

Et de nombreux membres de l'assemblée battirent des paumes sur le sol poli en signe d'applaudissement. Puis le prophète fut reconduit à sa place, au fond de la grande salle, et pendant un moment, des musiciens jouèrent sur de merveilleux cors courbés, tandis que des tambours résonnaient derrière eux, cachés dans un renfoncement. Les musiciens étaient assis par terre, les jambes croisées, soufflant tous dans leurs énormes cors à la lumière brillante des torches. Mais comme les tambours résonnaient plus fort dans l'obscurité, ils se levèrent et se rapprochèrent lentement du roi. Les tambours résonnaient de plus en plus fort dans l'obscurité, et les hommes aux cors se rapprochaient de plus en plus, afin que leur musique ne soit pas noyée par les tambours avant d'atteindre le roi.

Ce fut une scène merveilleuse quand les cors impétueux s'arrêtèrent devant le roi, et que les tambours, dans l'obscurité, furent comme le tonnerre de Dieu. Les reines hochèrent la tête au rythme de la musique, avec leurs diadèmes étincelants comme des cieux d'étoiles filantes. Les guerriers levèrent la tête et secouèrent, en les soulevant, les plumes de ces oiseaux d'or que les chasseurs attendent au bord des lacs de Liddian, toute une vie pour en tuer à peine six, afin de faire les cimiers que les guerriers portaient quand ils festoyaient à Zaccarath. Alors le Roi cria et les guerriers chantèrent – ils rappelaient presque les anciens chants de bataille. Et, tandis qu'ils chantaient, le son des tambours diminua, les musiciens s'éloignèrent à reculons, et le tambourinage devint de plus en plus faible à mesure qu'ils marchaient, pour cesser tout à fait : ils ne soufflèrent plus dans leurs cors fantastiques. Alors l'assemblée frappa le sol avec ses paumes. Ensuite, les reines demandèrent au roi d'envoyer un autre prophète. Les hérauts amenèrent un chanteur et le placèrent devant le roi. C'était un jeune homme avec une harpe. Il en balaya les cordes, et quand le silence se fit, il chanta l'iniquité du roi. Il prédit la ruée des Zédiens, la chute et l'oubli de Zaccarath, le retour du désert, et le jeu des petits lionceaux là où se trouvaient les cours du palais.

— De quoi chante-t-il, dit une reine à une autre reine.

— Il chante l'éternel Zaccarath.

Lorsque le chanteur cessa, l'assemblée battit mollement le sol, le roi lui fit un signe de tête et il s'en alla.

Lorsque tous les prophètes eurent prophétisé et que tous les chanteurs eurent chanté, la compagnie royale se leva et se rendit dans d'autres chambres, laissant la salle des fêtes à l'aube pâle et solitaire. Seuls restèrent les dieux à tête de lion qui étaient sculptés dans les murs. Ils se tenaient silencieux, et leurs bras rocailleux étaient repliés. Les ombres sur leurs visages bougeaient comme des pensées curieuses tandis que les torches vacillaient et que l'aube terne traversait les champs. Les couleurs avaient commencé à changer dans les lustres.

Lorsque le dernier luthiste s'endormit, les oiseaux commencèrent à chanter.

Il n'y eut jamais de plus grande splendeur ni de salle plus célèbre. Lorsque les reines s'en allèrent par la porte grillagée avec tous leurs diadèmes, ce fut comme si les étoiles se levaient de leur poste et se dirigeaient ensemble vers l'Ouest au soleil levant.

L'autre jour encore, j'ai trouvé une pierre qui avait sans doute fait partie de Zaccarath, elle avait trois pouces de long et un pouce de large. J'en ai vu le bord découvert par le sable. Je crois qu'on n'a trouvé que trois autres morceaux comme celui-ci.

Le champs

Lorsque l'on voit les fleurs du printemps tomber à Londres, que l'été apparaît, mûrit et se décompose, comme il le fait tôt dans les villes, et que l'on est encore à Londres, alors, à un moment ou à un autre, les campagnes lèvent leurs têtes fleuries et nous appellent avec une clarté magistrale, montagne après montagne dans le crépuscule, comme un chœur céleste qui se lève de rang en rang pour rappeler un ivrogne de son enfer du jeu. Aucun volume de circulation ne peut en étouffer le son, aucun attrait de Londres ne peut en affaiblir l'attrait. Après l'avoir entendu, l'imagination de l'homme s'envole, et s'envolera toujours, vers quelque galet coloré roulant dans un ruisseau, et tout ce que Londres peut offrir est balayé de son esprit comme un Goliath métropolitain soudainement frappé.

L'appel vient de loin, à la fois en kilomètres et en années, car les collines qui nous appellent sont les collines qui étaient, et leurs voix sont les voix d'autrefois, quand les rois-elfes avaient encore des cornes.

Je les vois maintenant, ces collines de mon enfance (car ce sont elles qui appellent), avec leurs visages tournés vers le crépuscule pourpre, et les faibles silhouettes diaphanes des fées qui regardent d'en dessous les fougères pour voir si le soir est venu. Je ne vois pas sur leurs sommets royaux ces manoirs désirables et ces résidences hautement attrayantes, qui ont été construits récemment pour des gentlemen qui échangeraient des clients contre des locataires.

Lorsque les collines m'appelaient, j'avais l'habitude de m'y rendre par la route, à bicyclette. Si vous prenez le train, vous manquez l'approche progressive, vous ne vous débarrassez pas de Londres comme d'un vieux péché pardonné, vous ne passez pas par de petits villages qui murmurent sur les collines, et, vous demandent si elles sont toujours les mêmes. Vous arrivez enfin sur le bord de leurs robes étendues, et ainsi à leurs pieds, et vous verrez au loin leurs visages saints et accueillants. Dans le train, on les voit soudain prendre un virage, et les voilà tous assis au soleil.

J'imagine qu'à mesure que l'on pénètre dans une énorme forêt des tropiques, les bêtes sauvages se font plus rares, l'obscurité s'allège et l'horreur de l'endroit s'estompe lentement. Pourtant, à mesure que l'on se rapproche de la périphérie de Londres et de la belle influence des collines, les maisons deviennent plus laides, les rues plus sales, l'obscurité s'accentue, les erreurs de la civilisation sont mises à nu au mépris des champs.

Là où la laideur atteint le sommet de sa luxuriance, dans la misère dense du lieu, là où l'on imagine le constructeur disant : « Ici, je culmine. Remercions Satan », il y a un pont de briques jaunes, et après lui, comme après quelque porte d'argent filigranée s'ouvrant sur le pays des fées, on passe dans la campagne.

À gauche et à droite, aussi loin que l'on puisse voir, s'étend cette ville monstrueuse ; devant nous, les champs sont comme une vieille, une très vieille chanson.

Il y a là un champ qui est plein de choux gras. Un ruisseau le traverse, et le long du ruisseau se trouve un petit bois d'osiers. C'est là que je me reposais souvent au bord de ce ruisseau avant mon long voyage vers les collines.

Là, j'avais l'habitude d'oublier Londres, rue après rue. Parfois, je cueillais un bouquet de chrysanthèmes pour les montrer aux collines.

J'y venais souvent. Au début, je ne remarquais rien dans ce champ, si ce n'est sa beauté et sa tranquillité.

Mais la deuxième fois que je vins, je pensa qu'il y avait quelque chose d'inquiétant dans ce champ.

Là-bas, parmi les trèfles, près du petit ruisseau peu profond, je sentis que quelque chose de terrible pouvait se produire dans un tel endroit.

Je n'y restais pas longtemps, car je pensais que trop de temps passé à Londres avait provoqué ces fantaisies morbides et je repartis vers les collines aussi vite que possible.

Je restais quelques jours à l'air de la campagne et, à mon retour, je retournais dans le champ pour profiter de cet endroit paisible avant d'entrer dans Londres. Mais il y avait encore quelque chose de sinistre parmi les osiers.

Un an s'écoula avant que je n'y retourne. J'émergeais de l'ombre de Londres dans le soleil étincelant ; l'herbe verte et brillante et les chrysanthèmes flamboyaient dans la lumière, et le petit ruisseau chantait une chanson heureuse. Mais dès que je mis le pied dans le champ, mon vieux malaise revint, et pire qu'avant. C'était comme si l'ombre d'une chose future et redoutable y planait et qu'une année l'avait rapprochée.

Je me dis que l'effort de la bicyclette pouvait être mauvais pour nous et que ce malaise pouvait survenir dès que l'on se reposait.

Un peu plus tard, je repassais devant le champ la nuit, et le chant du ruisseau dans le silence m'attira à lui. Et là, l'idée me vint que ce serait un endroit terriblement froid pour se retrouver à la lumière des étoiles, si pour une raison quelconque on était blessé et qu'on ne pouvait pas s'échapper.

Je connaissais un homme qui connaissait à fond l'histoire de cette localité et je lui demandais si quelque chose d'historique s'était déjà produit dans ce champ. Lorsqu'il me demanda pourquoi je lui posais cette question, je répondis que le champ m'avait semblé être un endroit idéal pour organiser un spectacle. Mais il me répondit que rien d'intéressant ne s'y était jamais produit, rien du tout.

C'est donc de l'avenir que venaient les terribles ennuis du champ.

Pendant trois ans, je me rendis de temps en temps au champ, et chaque fois, il était de plus en plus évident qu'il était de mauvais augure. Et mon malaise s'accentuait chaque fois que j'étais attiré pour aller me reposer dans l'herbe verte et fraîche, sous les beaux osiers. Une fois, pour distraire mes pensées, j'essayais de mesurer la vitesse à laquelle le ruisseau coulait, mais je me demandais s'il coulait plus vite que le sang.

Je sentis que ce serait un endroit terrible pour devenir fou, on y entendrait des voix.

Finalement, j'allais voir un poète que je connaissais, je le réveillais d'un grand rêve et je lui exposais toute l'affaire du champ. Il n'était pas sorti de Londres de toute l'année, et il me promit de m'accompagner pour voir le champ et me dire ce qui allait s'y passer. C'était fin juillet quand nous y sommes allés. La chaussée, l'air, les maisons et la terre avaient tous été cuits à sec par l'été. Le trafic fatigué se traînait, et le sommeil déployant ses ailes s'élevait et flottait de Londres et allait se promener magnifiquement dans des endroits ruraux.

Lorsque le poète vit le champ, il fut ravi, les fleurs étaient sorties en masse tout le long du ruisseau. Il descendit dans le petit bois en se réjouissant. Il se tint debout au bord du ruisseau et sembla très triste. Une ou deux fois, il le regarda de haut en bas avec tristesse, puis il se pencha et regarda les chrysanthèmes, d'abord l'un puis l'autre, très attentivement, en secouant la tête.

Pendant un long moment, il resta silencieux, et toute mon ancienne inquiétude revint, ainsi que mes craintes pour l'avenir.

— De quel genre de champ s'agit-il, dis-je.

Il secoua la tête avec tristesse.

— C'est un champ de bataille, répondit-il.

Le jour du scrutin

Dans la ville au bord de la mer, c'était le jour du scrutin, et le poète le considéra avec tristesse lorsqu'il s'éveilla et vit la lumière qui entrait par sa fenêtre entre deux petits rideaux de voilage. Le jour du scrutin était magnifiquement lumineux. Des chants d'oiseaux errants parvenaient au poète par la fenêtre. Mais c'était l'éclat du soleil qui avait trompé les oiseaux, car l'air était vif et hivernal. Il entendit le bruit de la mer que la lune menait au rivage, entraînant les mois sur les galets et les bardeaux, et les empilant avec les années là où gisent les siècles usés. Il vit les majestueux contreforts se dresser puissamment vers le sud et la fumée de la ville flotter jusqu'à leurs faces célestes – colonne après colonne s'élevant calmement dans le matin, tandis que les maisons étaient réveillées par les rayons du soleil et allumaient leurs feux pour la journée ; colonne après colonne s'élevant vers les faces sereines des collines, et échouant avant d'y arriver, s'accrochant toutes blanches au-dessus des maisons. Tout le monde dans la ville était surexcité.

Le poète fit une chose étrange : il loua la plus grande voiture de la ville, la recouvrit de tous les drapeaux qu'il put trouver et partit sauver une intelligence. Il trouva bientôt un homme au visage rougeaud, qui criait que le moment n'était pas loin où un candidat, qu'il nommait, serait porté en tête du scrutin par une majorité écrasante. Près de lui, le poète s'arrêta et lui offrit une place dans la voiture qui était couverte de drapeaux. Quand l'homme vit les drapeaux qui étaient sur la voiture, et que cette dernière était la plus grande de la ville, il monta. Il dit qu'il fallait voter pour ce système fiscal qui nous a fait ce que nous sommes, afin que la nourriture du pauvre ne soit pas taxée pour rendre le riche plus riche. Ou encore, il dit qu'il voterait pour ce système de réforme tarifaire qui devrait nous rapprocher de nos colonies par dcs liens durables, et donner du travail à tous. Mais ce n'est pas vers le bureau de vote que l'automobile se dirigea, elle le dépassa, quitta la ville et arriva par une petite route blanche et sinueuse jusqu'au sommet des collines. Là, le poète le fit descendre la voiture et laissa l'électeur émerveillé sur l'herbe où il s'assit. L'électeur parla longtemps de ces traditions impériales que nos ancêtres avaient créées pour nous et qu'il devait défendre par son vote, ou bien il parla d'un peuple opprimé par un système féodal qui était démodé et flétri, et auquel il fallait mettre fin ou le restaurer. Mais le poète lui montra de petits navires lointains, errants sur la bande de mer ensoleillée, et les oiseaux loin en dessous d'eux, les maisons en dessous des oiseaux, avec les petites colonnes de fumée qui ne pouvaient pas trouver les contreforts.

Au début, l'électeur réclama son isoloir comme un enfant, mais au bout d'un moment, il se calma, sauf lorsque de faibles éclats de joie montaient en gazouillant jusqu'aux collines, lorsque l'électeur criait amèrement contre le mauvais gouvernement du parti radical, ou bien – j'oublie ce que le poète m'a dit – il vantait ses splendides résultats.

— Voyez, dit le poète, ces belles choses anciennes, les collines et les maisons d'autrefois, le matin, et la mer grise dans la lumière du soleil qui fait le tour du monde en marmonnant. Voilà l'endroit qu'ils ont choisi pour devenir des hommes !

Et debout là, avec toute la vaste Angleterre derrière lui, roulant vers le nord, de contrefort en contrefort, et devant lui la mer scintillante trop loin pour qu'on puisse en entendre le mugissement, il sembla à l'électeur que les questions qui troublaient la ville devenaient moins importantes. Pourtant, il était toujours en colère.

— Pourquoi m'avez-vous amené ici, dit-il encore.

— Parce que je me sentais seul, répondit le poète, quand toute la ville était folle.

Puis il désigna à l'électeur quelques vieilles épines recourbées, et lui montra le chemin par lequel un vent avait soufflé pendant un million d'années, montant à l'aube de la mer. Il lui raconta les tempêtes qui visitent les navires, et leurs noms, et d'où elles viennent, et les courants qu'elles poussent au loin, et le chemin que prennent les hirondelles. Il lui parla du duvet où ils s'asseyaient, quand l'été arrivait, et des fleurs qui n'étaient pas encore nées, et des différents papillons, des chauves-souris et des martinets, et des pensées dans le cœur de l'homme. Il parla du vieux moulin à vent qui se dressait sur le sol, et du fait que pour les enfants, il semblait être un vieil homme étrange qui n'était mort que le jour. Et tandis qu'il parlait, et que le vent de la mer soufflait sur ce lieu élevé et solitaire, des phrases sans signification qui avaient longtemps encombré l'esprit de l'électeur – majorité écrasante, victoire dans la lutte, inexactitudes terminologiques – et l'odeur des lampes à paraffine qui pendent dans les salles de classe chauffées, ainsi que des citations tirées d'anciens discours parce que les mots étaient longs, commencèrent à s'éloigner. Ils tombèrent, mais lentement, et lentement l'électeur vit un monde plus vaste et la merveille de la mer. L'après-midi se prolongea, le soir d'hiver arriva, la nuit tomba, et la mer devint toute noire. À peu près au moment où les étoiles viennent cligner des yeux pour regarder notre petitesse, le bureau de vote ferma dans la ville.

Quand ils rentrèrent, l'agitation avait diminué dans les rues. La nuit cachait l'éclat des affiches et la marée trouva le bruit apaisé et étant à son aise, raconta un vieux conte qu'il avait appris dans sa jeunesse sur les profondeurs de la mer ; le même qu'il avait raconté aux navires côtiers qui l'apportaient à Babylone par le chemin de l'Euphrate avant la ruine de Troie.

Je reproche à mon ami le poète, tout solitaire qu'il était, d'avoir empêché cet homme de s'inscrire sur les listes électorales (le devoir de tout citoyen) ; mais peut-être cela importe-t-il moins, puisque c'était gagné d'avance, car le candidat perdant, soit par pauvreté, soit par pure folie, avait négligé de s'abonner à un seul club de football.

Le corps fatigué

— Pourquoi ne danses-tu pas avec nous et ne te réjouis-tu pas avec nous ? disaient-ils à un certain corps.

Alors ce corps confessa son problème :

— Je suis uni à une âme féroce et violente, qui est tout à fait tyrannique et ne me laisse pas de repos. Il m'entraîne loin des danses de ma famille pour me faire travailler à son détestable travail. Il ne me laisse pas faire les petites choses qui donneraient du plaisir aux gens que j'aime, mais ne se soucie que de plaire à la postérité quand il en aura fini avec moi et m'aura laissé aux vers. En attendant, il fait des demandes absurdes d'affection de la part de ceux qui sont proches de moi, et il est trop fier même pour remarquer moins que ce qu'il demande, de sorte que ceux qui devraient être gentils avec moi me détestent tous.

Et le malheureux corps fondit en larmes.

Ils dirent :

— Aucun corps raisonnable ne se soucie de son âme. Une âme est une petite chose, et ne doit pas gouverner un corps. Tu devrais boire et fumer davantage jusqu'à ce qu'il cesse de te troubler.

Mais le corps se contenta de pleurer, et dit :

— Mon âme est effrayante. Je l'ai chassé pour un petit moment avec la boisson. Mais elle reviendra bientôt. Oh, elle reviendra bientôt !

Et le corps alla se coucher en espérant se reposer, car il était assoupi par la boisson. Mais comme le sommeil était proche, il leva les yeux, et son âme était assise sur le rebord de la fenêtre, une étincelle de lumière brumeuse qui regardait dans la rivière.

— Viens, dit l'âme tyranniquc, et regarde dans la rue.

— J'ai besoin de dormir, dit le corps.

— Mais la rue est une belle chose, dit l'âme avec véhémence ; cent personnes y rêvent.

— Je suis malade par manque de repos, dit le corps.

— Cela n'a pas d'importance, lui dit l'âme. Il y a des millions de gens comme toi sur la terre, et des millions d'autres pour y aller. Les rêves des gens sont vagabonds. Ils traversent les mers et les montagnes de la féerie, en empruntant les passages compliqués conduits par leurs âmes. Ils arrivent à des temples d'or sonnant de mille cloches. Ils passent par des rues escarpées éclairées par des lanternes de papier, où les portes sont vertes et petites. Ils connaissent le chemin des chambres de sorcières et des châteaux enchantés. Ils connaissent le sortilège qui les amène à la chaussée le long des montagnes d'ivoire – d'un côté, en regardant en bas, ils voient les champs de leur jeunesse et de l'autre, les plaines radieuses de l'avenir. Lève-toi et écris ce que le peuple rêve.

— Quelle récompense y a-t-il pour moi, dit le corps, si j'écris ce que vous me demandez ?

— Il n'y a pas de récompense, dit l'âme.

— Alors je vais dormir, dit le corps.

Et l'âme se mit à fredonner une chanson oiseuse chantée par un jeune homme dans un pays fabuleux, alors qu'il passait devant une ville d'or (où se tenaient des sentinelles de feu), qu'il savait que sa femme s'y trouvait, bien qu'elle ne fût encore qu'une petite enfant, et qu'il savait par prophétie que des guerres furieuses, qui n'avaient pas encore éclaté dans des montagnes lointaines et inconnues, rouleraient au-dessus de lui avec leur poussière et leur soif avant qu'il ne revienne jamais dans cette ville. Le jeune homme la chanta alors qu'il passait la porte, et il était maintenant mort avec sa femme depuis mille ans.

— Je ne peux pas dormir à cause de cette chanson abominable, cria le corps à l'âme.

— Alors fais ce qu'on t'ordonne, répondit l'âme.

Et, las, le corps reprit la plume. Puis l'âme parla joyeusement en regardant par la fenêtre.

— Il y a une montagne qui s'élève au-dessus de Londres, moitié cristal, moitié mystère. Les rêveurs s'y rendent lorsque le bruit de la circulation est tombé. Au début, ils rêvent à peine à cause de son rugissement, mais avant minuit, le trafic s'arrête, tourne et reflue avec toutes ses épaves. Alors les rêveurs se lèvent et escaladent la montagne scintillante, et à son sommet, ils trouvent les galions du rêve. De là, certains naviguent vers l'Est, d'autres vers l'Ouest, certains vers le passé, d'autres vers l'avenir, car les galions naviguent aussi bien dans le temps que dans l'espace, mais la plupart du temps, ils se dirigent vers le passé et les anciens ports, car c'est vers eux que se tournent la plupart des soupirs des hommes. Et les navires de rêve les précèdent, comme les marchands descendent la côte africaine avant les vents commerciaux continuels. Je vois les galions, même maintenant, lever ancre après ancre. Les étoiles les frôlent. Ils sortent de la nuit. Leurs proues brillent dans le crépuscule de la mémoire, et la nuit s'étend bientôt au loin, un nuage noir suspendu bas, et faiblement pailleté d'étoiles, comme le port et le rivage de quelque terre basse vue au loin avec ses lumières portuaires.

Rêve après rêve, cette âme racontait, assise près de la fenêtre. Elle racontait des forêts tropicales vues par des hommes malheureux qui ne pouvaient pas s'échapper de Londres, et ne le feraient jamais – des forêts rendues soudainement merveilleuses par le chant de quelque oiseau de passage volant vers des rives inconnues et chantant une chanson inconnue. Il vit les vieux hommes danser légèrement au son des cornemuses des elfes – de belles danses avec des jeunes filles fantastiques – toute la nuit sur des montagnes imaginaires éclairées par la lune. Il entendit au loin la musique des sources scintillantes. Il vit la beauté des fleurs de pommier tombées il y a trente ans. Il entendit de vieilles voix – de vieilles larmes revenues en scintillant. La Romance était assise, vêtue et couronnée, sur les collines du sud, et l'âme la reconnut.

Un par un, il racontait les rêves de tous ceux qui dormaient dans cette rue. Parfois, il s'arrêtait pour injurier le corps parce qu'il travaillait mal et lentement. Ses doigts glacés écrivaient aussi vite qu'ils le pouvaient, mais l'âme ne s'en souciait pas. Ainsi, la nuit s'écoula jusqu'à ce que l'âme entende le tintement des pas du matin dans les cieux orientaux.

— Voyez maintenant, dit l'âme, l'aube que les rêveurs redoutent. Les voiles de lumière pâlissent sur ces galions perdus. Les marins qui les dirigent retombent dans la fable et le mythe. Cette autre mer où le trafic tourne maintenant à son reflux, est sur le point de cacher ses épaves blafardes, et de revenir se balancer, avec son tumulte, au flux. Déjà la lumière du soleil jaillit dans les golfes derrière l'est du monde. Les dieux l'ont vu depuis leur palais du crépuscule qu'ils ont construit au-dessus du lever du soleil. Ils se réchauffent les mains à sa lueur lorsqu'elle traverse leurs arches étincelantes, avant d'atteindre le monde. Tous les dieux qui ont toujours été, et tous les dieux qui seront, sont là ; ils s'assoient là le matin, chantant et louant l'Homme.

— Je suis engourdi et j'ai très froid, faute de sommeil, dit le corps.

— Tu auras des siècles de sommeil, dit l'âme, mais tu ne dois pas dormir maintenant, car j'ai vu des prairies profondes avec des fleurs violettes qui flamboient, hautes et étranges, au-dessus de l'herbe brillante, et des troupeaux de licornes d'un blanc pur qui gambadent là par joie, et un fleuve qui s'écoule emmenant un galion étincelant, tout d'or, qui va d'un intérieur inconnu à une île inconnue de la mer pour porter une chanson du Roi de la Colline à la Reine du Lointain. Je vais te chanter cette chanson, et tu l'écriras.

— J'ai travaillé dur pour toi pendant des années, dit le corps. Accorde-moi une seule nuit de repos, car je suis extrêmement fatigué.

— Bien, va te reposer. Je suis fatiguée de toi. Je m'en vais, dit l'âme.

Et elle se leva et partit, nous ne savons pas où. Ils déposèrent le corps en terre. Et la nuit suivante, à minuit, les fantômes des morts sortirent de leurs tombes pour féliciter ce corps.

— Tu es libre ici, tu sais, dirent-ils à leur nouveau compagnon.

— Maintenant je peux me reposer, dit le corps.

www.ingramcontent.com/pod-product-compliance
Lightning Source LLC
LaVergne TN
LVHW010059170826
845678LV00012B/2175